가난한
이들의 성자
교황
프란치스코

일러두기

• 옮긴이 주는 각주로 달았으며, '옮긴이 주'라고 명기하는 것은 생략했다.
• 외래어 표기는 옮긴이의 번역에 따랐다.

가난한
이들의 성자
교황
프란치스코

크리스티안 마르티니 그리말디(교황청 취재 기자) 지음
이정자(수녀) 옮김

더모던
Themodern

서언

"새 교황은 먼 데서 오리라는 걸 깨달았습니다. 그의 출신지가 어디든 상관없이, 저는 당장 그곳에 가서 〈오쎄르바토레 로마노 (*L'Osservatore Romano*)〉에 실을 기사를 쓸 마음의 각오가 섰습니다."

매우 예리하면서도 또 그만큼 수줍은 본지의 협력자 크리스티안 마르티니 그리말디에게 종종 일어나듯이, 그 제안은 직접 온 것이 아니고, 불현듯 나를 사로잡은 생각이었다.

역사상 처음으로, 정확히 2013년 2월 28일 저녁 8시에 시작된 교황좌 궐위 후의 나날들이 흘러가고 있었다. 어떤 이상한 예언 때문이 아니라 10여 년 전부터 전해 왔던 대로 2월 11일 아침, 현직 교황이 친히 교황직 사임을 선언하였기 때문이다. 그날은 춥고 구름이 잔뜩 낀 날이었다.

나는 잠시 결정을 미루었다. 예산이 부족하여 크리스티안에게 기사에 대한 보수 외에는 더 줄 수가 없었으나, 그의 구김살 없는 자유분방함과 호기심, 지성이 번뜩이는 기사들이 나오는 해외 취재 여행을 우리는 이미 여러 번 경험하던 터였다. 그는 선출될 사람의 출신지에 대하여 직감적이지만 매우 신비스러울 정도의 분명한 확신이 있었고, 지난 시대의 특사처럼 준비 없이 떠나는 희생양이 될 각오를 하고 있었다.

3월 13일, 저녁 7시 6분, 춥고 비 내리는 저녁, 어스름한 하늘에 분명한 짙은 하얀 연기가 드리우자마자, 마르티니 그리말디는 성 베드로 광장으로 급히 달려 들어왔다. 곧 집으로 갔다가 새벽 비행기를 탈 생각으로 바로 공항으로 향하였고, 24시간 후에 부에노스아이레스에 도착하였다.

이리하여 3월 16일과 4월 6일 사이의 〈오쎄르바토레 로마노〉지에 직접적이고 생생한 이야기들이 탄생되었다. 이제 이를 손질하고 보완하여 새로운 교황님에 대하여 이야기하는 '세상 끝'에서 보내온 진솔한, 있는 그대로의 현지 르포가 나온 것이다. 그는 로마 사도좌의 승계라는 근본적인 연속성 안에 있으면서도 어떤 면에서는 참으로 새로운 교황이다. 끊임없이 체면을 생각하지 않고 위험을 무릅쓰는 능력을 보면 매우 혁명적이기도 하다.

사실 로마의 주교는 지중해 세계 밖에서 나온 적이 없었다. 거의 13세기 동안 유럽 경계선 밖에서 선출된 적이 없었고, 예수회원이 선출된 적도 없었으며, 베드로 사도의 계승자가 '프란치스코'라는 이름을 취한 적도 없었다. 이는 중세 문헌들이, 본래 그리스도교 전통에 속하지 않으면서도, 'Alter Christus(제2의 그리스도)'라고 정의한 바 있는 아씨시의 성 프란치스코를 상기시켜 가톨릭 신자가 아닌 사람들에게도 복음의 근본적인 핵심을 직접 전달할 수 있는 이름이었다.

호르헤 마리오 베르골리오Jorge Mario Bergoglio는 이 책에서, 대주교가 지나다니는 부에노스아이레스 변두리의 밤에 잠시 번쩍이는 번갯불처럼, 몇 가지 모습으로 잠깐 나타날 뿐이다. 선출 직후 'urbi et orbi', 즉 '로마 도시와 로마 교구, 그리고 온 세상'에 자신을 소개하기 위해 사용한 적절하고 효과적인 표현에 따르자면, 참으로 그는 '세상 끝에서 데려온 사람'이었다. 신문 파는 사람이 묘사하는 표현이나 마약에 빠진 젊은이들과의 대화에서 그려진 바에 의하면, 그는 활달하고 자발적인 사람이다.

그러므로 이 책 속에는 베르골리오와 그가 살던 세상이 걸러지지 않은 채 그대로 이야기의 주인공들로 나타난다. 그에게 다

가간 사람들이나 그를 만났던 사람들, 마르티니 그리말디가 찾아
내고 알게 된 그의 동역자, 일반인, 동료 수도자, 교사, 교수들이
전혀 알려지지 않은 드문 사진들과 함께 나온다. 별로 드러나지
않은 사진들이어서 프란치스코 교황 자신도 그가 매일 읽는 〈오
쎄르바토레 로마노〉에 이것들이 실렸을 때에야 보게 되었던 것
이다.

상황 파악을 위하여 이탈리아에서 온 젊은 기자에게 이야기해
준 바에 대하여, 인터뷰에 응했던 모든 사람들 중 한 사람에게 감
사하기 위하여 펜을 들기에 이르렀다. 두말할 것도 없이 그 우정
에 대하여 깊이 감사한다. 이 리포트는 공적으로도 예상외의 큰
가치가 있고, 또 그만큼 마음에 든다.

조반니 마리아 비안
(교황청 공식 일간지 〈오쎄르바토레 로마노〉 편집장)

올봄 우리 수도회 세계 총회 참석차 두 달 가까이 로마 본부에 머물러 있을 때였다. 주말에도 제대로 쉬지 못하고 아침부터 밤늦게까지 강도 높은 회의가 계속되었다. 총회에 참석한 250여 명의 참가자들이 받는 스트레스도 이만저만이 아니었다. 그러던 어느 날 새로운 총장님이 선출되었고, 총장님과 함께 우리 모두는 바티칸으로 프란치스코 교황님을 알현하러 갔다. 우리 모두는 바티칸 내 큰 대기실에서 이제나저제나 하고 교황님을 기다리고 있었다. 그러던 어느 순간, 프란치스코 교황님께서 연세에 어울리지 않게 성큼성큼 걸어서 우리 앞에 서시는 것이었다. 나는 아직도 그 순간의 분위기를 생생하게 기억하고 있다.

꽤나 부담스럽고 무거웠던 총회로 인해 지치고 힘든 기색이었던 모든 총회 멤버의 얼굴이 교황님을 뵙는 순간 순식간에 환해

졌다. 교황님의 따뜻하고 인자한 표정을 보는 순간 그간의 모든 피로와 스트레스가 순식간에 날아가 버렸다. 프란치스코 교황님은 존재 자체로 치료제이자 치유제였다.

지금 우리는 어쩌면 제2의 프란치스코 시대를 살고 있다. 새로운 교황님의 등장으로 800년 만에 제2의 청빈 운동, 제2의 교회 쇄신 운동을 우리 눈으로 목격하고 있다. 참으로 큰 은총이요, 축복이 아닐 수 없다.

프란치스코 교황님께서 어딜 가시든 가장 먼저 강조하시는 말씀이 있다. "작은 방으로 바꿔 주십시오! 작은 차로 바꿔 주십시오!" 작은 방으로 바꿔 달라는 교황님의 부탁은 물질만능주의를 살아가는 우리를 향해 던지는 강력한 경종의 말씀이다. 그간 우리 사회는 천박한 자본주의, 물질만능주의, 경제 지상주의로 인해 얼마나 큰 상처를 입었으며 큰 고통을 겪어 왔는가? 돈보다 더 중요한 가치가 있음을 우리 그리스도인들이 세상 앞에 보여 줘야 할 순간이다.

다가오는 8월 한국천주교회에 기념비적 사건이 될 프란치스코 교황님의 방한이 다가오자 그분에 대한 수많은 서적이 출간되고 있다. 크리스티안 마르티니 그리말디 기자의 리포트를 살레시오

수녀회 이정자 수녀가 정성껏 번역했다. 저자는 교황청의 공식 일간지라고 할 수 있는 〈오쎄르바토레 로마노〉 기자로 '신비의 인물' 베르골리오를 자세하게 파헤쳤다.

콘클라베에 참석했던 베르골리오 추기경이 교황으로 선출되던 날, 저자는 매우 특별한 하느님의 사람을 세상에 소개하기 위해 로마를 떠나 '세상 끝' 부에노스아이레스로 날아갔다.

약 20일간 축복의 땅 부에노스아이레스에 머물면서 그곳 사람들의 행복한 표정을 생생하게 전하는 동시에 가난과 겸손의 인간 베르골리오의 향기에 취했다. 그 결실이 바로 《교황 프란치스코(원제 : 나는 베르골리오이었는데 이제는 프란치스코다》)이다. 프란치스코 교황님과 관련한 아름답고도 생생한 이야기들을 가감 없이 전하고 있는 흥미로운 책이다.

저자는 베르골리오를 직접 만났거나 알고 있던 사람들과 접촉하면서 이 소박하면서도 파격적인 인물에 대해 눈을 떠 갔다. 그분은 참으로 실천적인 사람이었다. 가난을 외치기는 쉽지만 살기는 어려운데 그분은 그게 가능함을 직접 보여 주었다. 그분은 가난하고 소외된 사람들을 결코 그냥 지나치지 않았다. 그들과 함께 마테차를 마시며 희로애락을 나누었다. 청소년들에게 마약을 판매하는 조직과 최일선에서 맞서 싸웠다. 마약에서 헤어나지 못하는 청소년들에게 생명을 되찾아 주기 위해 백방으로 노력했다. 어쩔 수 없이 매춘의 길로 들어선 소녀들을 구해 내기 위해 목숨까지 내걸었다. 그러면서도 얼마나 인간적인지 모른다. 그는 크게 특출하지 않은 축구팀의 서포터스였다. 유머감각이 얼마나 뛰어난지 깜짝 놀랄 정도다.

프란치스코 교황님의 선출과 함께 불어온 이 새로운 축복의 바람에 기울어져 가던 유럽 교회가, 더 나아가서 세계 교회가 되살아나고 있다. 넘쳐 나는 순례객들로 바티칸과 로마 시가 바빠졌다. 의혹의 눈길로 교회를 바라보던 세상 사람들의 시선이 이젠 희망과 신뢰의 눈빛으로 바뀌었다. 존재 자체로 가톨릭교회에 새로운 전환점을 마련해 준 프란치스코 교황님께 감사드리며 기쁨과 환희에 찬 마음으로 이 귀한 책을 추천한다.

양승국(살레시오수도회 관구장 · 신부)

옮긴이의 말

이 책은 1년 전, 2013년 3월 13일 호르헤 마리오 베르골리오 추기경이 교황으로 선출되고 '프란치스코'라는 이름을 가지기로 선포한 순간에 아르헨티나로 날아간 저자가 며칠간 보내온 현지 리포트이다. 1년이 지났는데도 저자의 생동감 있는 필치는 바로 지금 일어난 일을 전하는 것 같은 현장감을 느끼게 한다.

그가 인터뷰한 사람들의 말에서 드러나는 호르헤 마리오 베르골리오 주교, 추기경의 삶과 인격 안에는 "마음이 온유하고 겸손하신 분", "양들을 위하여 목숨을 내놓는 착한 목자"이신 예수 그리스도의 모습이 선명하게 보인다. 그러기에 사람들은 그를 일컬어 "행동으로 말하는 사람", "다재다능한 사람", "유머 감각이 있는 사람", "겸손의 화신化身", "'진리와 자비'에 충실한 사람"……이라고 앞다투어 말한다. 그리고 이 증언들은 교황 즉위 일주년을 맞는 그에게서 재확인되고 더욱 확장되어 가고 있다.

오늘날, 이 세상에 희망과 위로를 주고, 새로운 삶을 선택할 용기를 불어넣어 주는 프란치스코 교황님을 교회에, 세상에 주신 하느님께 감사드린다.

이정자(수녀)

차례

. . .

우리는 자신에게, 마음속에 무엇이 있는지 물어야 합니다.

마음속에 악이 있다면 그것이 밖으로 나와 사악한 일을 할 것이고,

선이 있다면 선한 일을 할 것이기 때문입니다.

. . .

축일! 교황의 탄생

3월 13일 저녁, 갑작스럽고 열광적인 순례가 플라미니오 광장에서 시작되었다. 나는 위험을 생각하지 않은 채, 이질적인 잡다한 군중과 혼잡한 교통 가운데로 급히 뛰어들어 레지나 말게리타 다리를 건너고, 이어서 콜라 디 리엔조 거리를 지나, 마지막 남은 힘을 다하여 콘칠리아찌오네 가까지의 마지막 질주를 끝냈다. 콘칠리아찌오네 거리는 무수한 길과 수많은 사람이 흘러들어 큰 강을 이루고 있었다. 이 모든 것은 발광할 정도의 총체적인 고뇌를 내게 안겨 주었고, 일련의 기도를 시작하는 계기가 되었다. 분위기는 묵시록적인 영화를 상기시켰고, 그 영화 속에서는 조만간 세상 종말이 오려는 찰나, 결국 파탄 지경에 이르렀다가 서서히 재생 활동이 시작되고 있었다. 정말 좀 그러했다고 말할 수 있다.

13일 전에 참으로 하나의 사건이 세상을 떠들썩하게 했다. 현직 교황이 퇴임한 것이다. 수세기 동안 일어난 적이 없는 사건이었다. 베네딕토 16세가 교황좌를 떠났으므로 생각지도 않은 새로운 콘클라베*를 열게 되었다. 교황좌가 비어 있는 그 며칠 동안 온 세상의 눈은 로마를 주시하고 있었다. 아무것도 전처럼 되지 않을 것이기 때문이었다. 베네딕토 16세는 이처럼 혁명적인 행위를 함으로써 최초의 전임 교황이 될 것이고, 냉엄하게, 거의 타성적으로 또 다른 변화, 시대적인 변화를 가져올 것이다.

신자, 비신자를 막론하고 길모퉁이에서마다 튀어나오는 군중들은 정차 금지 구역에 차를 놓아두고 길 안내자 역할을 하는 다른 순례자들의 안내를 받고 있었다. 저 아래쪽, 프라티 구역의 복

---

* 교황을 뽑는 전 세계 추기경들의 모임. 교황이 승하하면, 그 후 16~19일 사이에 교황청의 시스티나 성당에 모여 새 교황을 선출하게 되어 있다.

부에노스아이레스에 있는 '공화국 광장'에 있는 오베리스크.
바티칸 시국의 국기가 걸려 있다.

잡한 길 그 어느 부분에서 역사적인 사건이 벌어지고 있었다. 미쳐 버린 이 군중을 움직이는 심장 박동, 행복 박동을 감지하기는 어렵다. 여기에는 최신 기술공학 기기들이 도달하지 못하는 곳이다. 3월 13일 저녁 7시 6분과 8시 20분 사이에 영원한 도시 로마를 불태우고 있는 최고의 '억제된 공황'을 어찌 우편엽서 하나로 해결할 수 있겠는가? 다시 말하면, 고대하던 하얀 연기는 새 교황의 탄생을 알려 주고 있는 것이다.

마침내 쟌 루이스 타우란 추기경의 공지가 있었다. 그는 성 베드로 대성당 발코니에 나타나 새 교황은 제오르지움 마리움 베르골리오라고 선포하였다. 남아메리카의 승리다. 먼 데서, 그지없이 먼 곳에서 온 교황이다. 그러나 그가 내놓은 첫마디는 매우 친근한 것이었다.

"형제자매 여러분, 안녕하십니까!"

호르헤 마리오 베르골리오는 '프란치스코' 교황이 되었다. 부에노스아이레스 대교구장이고, 76세, 단순한 사목자이며 그의 교구에서 매우 큰 사랑을 받는 분이다.

"콘클라베의 의무는 로마에 주교를 내주는 일이라는 걸 여러분은 잘 알고 있습니다. 나의 추기경 형제들은 그를 데려오기 위하여 거의 세상 끝까지 가야 했던 것 같습니다. 그러나 지금 여기 있습니다!"

이것이 프란치스코 교황의 첫마디 말이다. 모든 기자들은, 무척 관심을 끄는 "세상 끝"과, "그러나 지금 여기 있습니다." 라는 말에 주목하면서 깊은 인상을 받았다. 베르골리오는, 이제 교황이 생겼고 로마는 새로운 주교를 가지게 되었다는 것을 온 세상에 확인시켜 주려고 했다. 교황의 퇴임은 물론 특수한 사건이고 보통 일이 아니지만, 이제 모든 신자들은 안심해도 된다. 새로운 아버지는 프란치스코 그 사람이다. 그 이전에는 아무도 사용한 적이 없는 프란치스코라는 그 이름으로 수행해야 할 사명과 운명이 그에게 있는 것이다.

나는 곧 서둘러 집으로 향했다. 적당히 주차요금제를 피하여 안전하게 플라미니오 광장에 주차했다.

"오늘은 진정한 축일이네!"

나는 혼잣말로 중얼거렸다.

구부러진 성벽 길을 돌아, 비아 노멘타나를 지나 볼로냐 광장에 도달했다. 20분이 걸렸다.

집에 들어가자마자 휴대용 컴퓨터를 열었다. 컴퓨터를 켤 필요가 없다. 거기 항상 그렇게 대기하고 있다. 나는 재빨리 저가 항공기 운행 시간을 검색하였다. 첫 비행기는 두 시간 후에 출발한다. 불가능하다. 절대로 그 시간에 댈 수 없을 것이다. 그 대신 아침 6시에 출발하여 마드리드를 경유하는 비행기가 있다. 완벽하다. 그러나 나는 당장 움직여야 한다. 정해진 시간 이후에는 공항으로 가는 대중교통 수단이 없기 때문이다. 그렇다. 공항에서 밤을 지내야 한다는 뜻이다. 나는 배낭을 가져다가 속옷, 바지, 칫솔 등 모든 필수품들을 그 안에 집어넣었다. 나머지는 여분의 것이다. 아, 휴대용 컴퓨터, 스마트폰 충전기를 잊어버릴 뻔했다. 스마트폰에는 충전기가 붙어 있어야 한단 말이야! 내 생각이다.

공항에 도착하니 벌써 1시가 넘었다. 스낵바에 가서 긴급히 두 잔을 시켰다. 악몽을 꾸는 듯 잠이 쏟아진다. 내가 공항에 도착했을 때 사람들이 굉장히 많았다. 벤치에 길게 누워 자는 사람, 또는 그냥 땅바닥에 드러누워 자는 사람들도 있었다. 한 아가씨는 그의 남자친구로 보이는 남자의 배를 베개 삼아 베고 누워 있었다. 한 구석에는 여인 하나가 그야말로 혼자서 불편한 모습으로 자기 가방에 머리를 기대고 있었다. 그렇게 하고 있는 사람들은 다른 대안이 없기 때문이다. 나는 어떤 한 사람이라도 붙들고,

프란치스코 교황의 '가난한
교회를 위하여'라는 글이
들어 있는 포스터

부에노스아이레스에 있는
교황 프란치스코 포스터
가 걸린 염색 상점

부에노스아이레스 주교좌성당 입구에 있는 프란치스코 교황 사진이 붙어 있는 A4 용지 크기의 포스터

사진을 찍는 몇몇의 여성들

아베니다 데 마요 가에 있는 신문 잡지 가게

부에노스아이레스 길가에 있는 프란치스코 교황의 포스터를 사진 찍고 있는 여행객

"로마가 새 주교를 가지게 된 걸 알고 있습니까?"라고 묻고 싶었다. 나는 몇 사람의 시선을 맞춰 보려고 하였으나, 모두 졸린 눈이었다. 말하고 싶지 않다는 눈치다. 그들 역시, 나의 짐짝처럼, 이미 대기 상태에 들어갔다.

그래! 온라인이 있는 데로 가서 베르골리오에 관한 어떤 정보를 찾아보자. 나는 그가 2001년 2월 11일에 요한 바오로 2세로부터 추기경으로 서임敍任받았음을 알아냈다. 그해는 아르헨티나에게는 '무서운 해', 곧 재정 파탄의 해였다. 또 하나의 이미지가 떠오른다. 계승자에게 자리를 내주기 위하여 하늘로 떠오르는 하얀 헬리콥터의 모습이다. 베데딕토 16세를 지칭하는 것이 아니라, 페르디난도 데 라 루아를 말하는 것이다. 2001년 12월 20일, 아르헨티나 대통령은 퇴임할 수밖에 없었고, 그 후 10여 명의 사상자를 낸 민중 세력 시위자들의 난폭한 압력에 밀려 카사 로사다(Casa Rosada, 아르헨티나 대통령 관저)에서 도망쳐야 했다.

극적인 두 번의 순간을 만나게 된 베르골리오의 독자적인 운명, 그 하나는 아르헨티나 국가의 역사적인 한 순간이었고, 또 하나는 교회 역사의 한 순간이다. 아르헨티나는 그 역사적인 비상사태에 대하여 긴급한 치유 정책이 필요했다. 교회 역시 절박한 필요를 깨닫는 것은 이상한 일이 아니다. 지나치게 유추 해석을 하지 말고, 시대가 더 큰 공동 노력과 섭리적인 희망의 주사注射를 요청할 때 베르골리오가 어떻게 '개입'하는지를 알아보는 것은 호기심 나는 일이다.

나는 게이트 쪽으로 발을 옮겼다. 한 소녀가 계속 스마트폰에 집중하고 있다. 그다음에는 창밖의 비행기 사진을 연속하여 찍더니, 그 사진들을 직접 전송하고 있었다. 모든 것이 동시에 이루어진다. 이런 세상이 되었다. 소셜 미디어는 사람들로 하여금 채팅을 하고 연속적으로 사진을 찍는 도구로 선택되는 것이 아니라, 이를 의무처럼 생각하도록 이끌었다는 단점도 가지고 있다. 한순간도 놓치지 않는다.

그와 반대로 또 다른 한 소녀는 외따로 떨어져 앉아 있다. 무례한 사내아이처럼 다리를 꼬고 있다. 그러한 자세와 손에 들고 있는 책에서는 무언가 거만함이 묻어난다. 현명하지 못한 자세다! 그녀 역시 이 여행 전의 시간을 소셜 미디어로 나누면서 불후의 시간으로 만들 수도 있었다. 그녀는 기회를 잃었다. 오늘날 이웃에 대한 질투를 키우는 것은 누구나 이해할 수 있는 일종의 색욕이다. 투사된 현실을 살아간다. 다시 말하면 당신이 트위터에 열중하는 동안, 페이스북 상에서는 당신의 또 다른 삶이 벌어지고 있다는 말이다. 일종의 불륜을 저지른다는 뜻이며 이것이 삶이다.

비행기를 타고 보니, 나는 오만불손한 자세의 그 아가씨 옆 자리에 앉게 되었다. 몇 마디를 주고받았다. 신뢰 관계에 들어가자, 나는 내 부에노스아이레스 여행의 진짜 동기를 털어놓았다. 나는 그녀에게 새 교황 베르골리오에 대한 책을 한 권 쓰러 간다고 말했다.

"농담하시는 거죠?"

내게 말했다.

"다만 소녀들에게서 전화번호를 얻기 위해서 허황된 일을 인터넷에 올려 자랑하는 혹시 그런 사람은 아니겠지요?"라고 단박에 말했다. 나의 그 고백이 그녀로 하여금 경계 태세에 들어가게 만들었다는 듯이……

젊은이들은 그런 생각을 어디서 이끌어 낼까? 나는 자문했다. 나쁜 다운로드라고 말해야 할 때다.

비행기가, 베르골리오는 'avión'이라고 부를 비행기가 이륙한다. 나는 눈을 감고 잠을 청하였으나, 어떤 목소리가 나를 깨웠다.

주교좌성당에서 집전된 미사를 끝내고 나오는 군중

교황의 원의에 따라 아르헨티나 주재 교황대사 에밀 폴 체리히 주교가 주례한 미사 전에 주교좌성당 앞에서 한 여성이 3월 13일자 〈오쎄르바토레 로마노〉지를 팔고 있다.

"여보세요, 초콜릿 드릴까요?"

찌그러진 포장을 블루진 주머니에서 꺼내면서 옆에 앉은 그 여자아이가 말했다.

"아니요. 고마워요. 나는 단식 중입니다."

나는 대답했다.

"단식이요? 만일 당신이 늘씬한 몸매라면……."라고 말하면서 나를 머리부터 발끝까지 훑어보았다.

"당신은 손해난다는 걸 모르시는군요. 단것은 독서 같은 거예요, 삶의 폭을 넓혀 주지요. 고맙다는 인사는 안 하셔도 돼요."

나는 작은 초콜릿 한 조각을 받았다.

3월 14일 저녁에 부에노스아이레스에 도착하였다. 그 버릇없는 여자아이와 작별하고(그 아이는 전화번호를 주지 않았으나, 인터넷으로 접속하기를 청하였다), 곧 시내로 들어가는 미니버스를 탔다. 산 텔모에 있는 여관에 도착했다. 침실에 들어가자마자 신속히 샤워를 했다. 욕실에서는 한 청년이 머리를 말리고 있었다. 몇 마디 주고받았다. 그는 미네아폴리스에서 왔고, 몇 달 동안 남아메리카를 여행하는 중이라고 했다. 그는 내게 부에노스아이레스에서 무슨 좋은 일을 할 거냐고 물었다. 나는 베르골리오에 관한 책을 한 권 쓰려 한다고 말했다.

"베르골리오요?"

그가 물었다.

"예, 교황님이요."

내가 말했다.

"교황, 교황이라고요?"

그가 말했다.

"예, 교황, 교황님이요."

내가 말했다.

"그런데 무슨 책을요?"

그는 눈이 휘둥그레져 물었다.

젊은이들은 결코 완전히 방전된 것은 아니지만, 약간 꺼진 상태다. 내 생각이다.

나는 마요 광장에 있는 주교좌성당에 가기 위하여 서둘렀다. 그곳에는 성 베드로 광장에서처럼 군중들이 기도하러 간다. 어제까지 새로운 교황이 거주하던 그 장소는 이제 순례지가 되어 있었다.

세상 끝에 대하여 인상 깊은 것 중에 하나가 있다면, 이제 이곳이 모든 것의 중심이라고 느껴지는 것이다. 길거리에 다니는 사람들은 세계적인 승리라는 확신을 가지고 있었다. 베르골리오가 교황으로 선출된 것과 1986년 세계에서 가장 대중적인 스포츠(축구)에서 우승했던 것에 대한 머나먼 기억을 평행선상에 놓는 것은 그 당시 아르헨티나 사람들이 가장 많이 남용했던 일이다. 어제는 한 청년이 리베라도르 가에 있는 자신의 집 발코니 위에서 "교황님은 아르헨티나 사람이다! 교황님은 베르골리오다! 하느님 감사합니다!" 하고 승리를 외치다가 습격을 당하였다.

택시 기사들이 차창 밖으로 몸을 반쯤 내놓고 기뻐하며 국기를 흔들고 있었다, 1800년대와 1900년대 초기에 지어진 도시의 수많은 아름다운 고층 저택들 벽면에는 곧바로 교황청의 깃발인 황색-백색기가 나타나기 시작했다. 그 깃발은 1982년부터, 말하자면 요한 바오로 2세 시대부터 이 도시에서는 찾아볼 수 없었던 것이다.

베르골리오는 아르헨티나인 첫 교황이다. 예수회원 교황, 최초의 남미 사람인 교황이다.

돌보시는 여정의 시작

"그들은 나를 데리러 세상 끝까지 왔습니다."

이는 호르헤 마리오 베르골리오가 교황으로 선출된 그다음 날, 아르헨티나의 신문들이 가장 많이 인용한 프란치스코 교황의 말이다. 로마의 주교는 선출되자마자, 마요 광장에 모인 사람들에게 자신을 위하여 기도해 달라고 청하였다. 부에노스아이레스에서는 이미 이틀 전부터 그를 위해 기도하고 있었다. 이 기도는 사람들이 매일 하는 인사말에까지 번갈아 가며 반영되고 있을 정도였다. 이 도시의 중심부인 마요 광장역 부근, 바로 주교좌성당 앞, 이틀 전까지 그 도시 대주교의 거주지였던 그곳에서, 사람들 사이에 흔히 오가는 말, 혹은 사람들이 전화에 응답을 하거나 인사를 할 때 가장 많이 쓰는 말은, "우리에겐 교황님이 있습니다!"였다. '안녕하세요?' 라는 인사는 이 말로 대치되었다. 아직도 상당히 오랫동안 이 인사말은 지속될 것이다.

루르데스는 50세다. 광장으로 난 길들 사이에 줄지어 선 수많은 작은 식당 중 하나에서 일하고 있다.

"저는 그런 소식을 기대하지 않았어요. 아무도 기대하지 않았지요. 저는 그를 추기경으로 알고 있고, 매우 겸손한 사람이었다는 것만 알고 있었어요. 교황님이 스페인어를 쓰신다는 건 우리 아르헨티나 사람들에게 굉장히 큰 기쁨이고, 그야말로 절대적으로 새로운 일입니다."

은행원 알베르토는 점심 휴식 시간 중이었다.

"아르헨티나는 처음에 유럽의 식민 지배를 받았고, 이어서 경

호르헤 마리오 베르골리오가 추기경일 때 사용한 마요 광장 전철역

제적인 식민 지배를 받았습니다. 아직도 그 기간에 생긴 채무를 지불하고 있습니다. 1990년대부터 물론 생활 수준이 많이 좋아졌습니다. 교황, 특히 이번 교황님은 과거의 정치·경제 문제가 아닌 빈곤 문제를 해결하는 데 더욱 효과적인 일을 하시리라 믿습니다. 이건 비아냥거리는 말이 아닙니다. 교회는 근본적으로 개인들의 혼魄입니다. 이는 위기에서 빠져나올 수 있는 중요한 요인이 될 수 있습니다. 경제는 숫자 계산 능력뿐만 아니라, 개인들 간의 신뢰 위에 기초하고 있고, 새 교황이 펼칠 수 있는 신앙에 대한 희망은 위기 해결의 일부 그 자체입니다. 두 가지는 서로 떼어 놓을 수가 없습니다. 도덕이 공리주의적이 된 현대 사회는 신앙도 구체적인 의미에서 무언가 이익이 되는 것으로 보아야 합니다. 영적으로 부진한 사회는 이웃에 대한 신뢰가 없는 사회이고, 이는 경제 자체에도 해롭습니다."

주교좌성당 입구에 목재 판넬 위에 단순한 A4 용지가 네 개의 압정으로 고정되어 있고, 그 위에 성 베드로 광장을 내다보는 프란치스코 교황의 천연색 사진이 붙어 있다. 사진 위에는 이런 글이 쓰여 있다.

우리는 교황님을 가지게 되었습니다(Havemus papam).

이 표현은 온 세상을 향한 의례적인 공지임에도 불구하고 온통 지역적인 자만심이 묻어나고 있었다.

인쇄된 이 단순한 종이 앞에 모여 선 10여 명의 사람들이 기념사진을 한 장 가져가려고 한다. 옆에 있던 부인이 한마디 하였다.

"저는 이곳에 살고 있는데, 정직하게 말하자면, 저는 그분을 몰랐습니다. 텔레비전 뉴스에서 사진들을 보았을 때 자신을 소개하는 그의 겸손한 모습에 정말 깊은 인상을 받았습니다. 이를 보면서 저는 금세 자부심이 느껴졌고 동시에 죄송한 생각도 들었습니다. 이 교황님은 정말 교회를 위해서, 또한 아르헨티나 자체를 위해서도 무언가 큰일을 하실 수 있다고 믿습니다."

주교좌성당 가까이 한 구석에 신문팔이 안드레스가 서 있다. 베르골리오 역시 신문을 사러 이곳에 들르곤 했다.

"그는 지극히 겸손한 사람이었습니다. 때로는 '일반인 옷차림'

으로 오시기도 했습니다. 두어 마디 말씀을 하시고 인사를 하는 매우 조용하고 친절한 분이셨습니다. 한마디로, 그야말로 보통 사람 중의 한 사람처럼 땅에 발을 딛고 사시는 분이었습니다. 그분이 교황으로 선출되자 여기저기 사방에 기쁨이 흘러넘쳤고, 이는 우리 모두에게 자부심이 되었습니다. 아르헨티나뿐만 아니라, 남미 사람들의 자부심이지요. 브라질 사람이 교황으로 선출되었더라도 똑같았을 겁니다. 남미가 다시 일어서는 순간이었습니다. 우리는 위기의 터널로부터 나오는 빛을 보기 시작했습니다. 남미 사람인 교황님과 함께 이 빛은 더욱더 강렬해질 것입니다."

신문에서 말하는 대로 그분이 정말 지하철을 타고 다니셨느냐고 내가 물었다. "물론이지요!" 그는 마요 광장에 있는 A노선의 역을 가리키며 대답했다. 가까이 가 보니 광장 밑에 지하로 내려가는 에스컬레이터가 가동되고 있었다. 프란치스코 교황이 교황좌에 오를 때 한 말이 떠올랐다. "자 이제 이 길을 시작합시다. …… 우리들 사이의 형제애의 길, 사랑의 길, 신뢰의 길을 걸어갑시다." 그 기나긴 여정은 상징적으로 여기서부터 시작된 것 같다. 이 광장 가운데에서, 사람들 가운데에 있는 이 단순한 전철역에서부터.

진실한 교회의 자세

페데리코는 부에노스아이레스 대교구의 대변인이다. 알레한드로 루쏘 신부는 이 대도시 주교좌성당 총지배인이고, 교구의 사무장이며, 대교구의 모든 사목 활동을 조정하고 조직하는 사람이다. 그는 수년 동안 베르골리오 추기경과 지속적으로 접촉해 온 사람이다. 전례와 예식의 전문가다.

페데리코는 매우 젊지만 산전수전 다 겪은 사람 같은 얼굴을 하고 있었다. 슬럼가 소년이었다가 사회에 복귀한 사람이다. 베

베르골리오가 추기경으로서 사용하던 장백의
상표가 붙어 있는 자리에 그의 이름이 새겨져 있다.

르골리오 추기경이 돌아다니며 구출한 바로 그 젊은이들 중의 한 사람이다. 그가 말한다.

"파코(paco)는 어떤 제조 과정을 거친 코카나무 수지樹脂입니다. 이는 코카인을 만드는데 사용되는 것이 아닙니다. 파코를 다른 독성 있는 내용물과 혼합하여 만드는데, 이를 사용하는 젊은이들에게는 매우 치명적입니다. 뇌의 뉴론(신경 단위)을 파괴하여 사람들을 좀비들*과 비슷하게 만들어 버립니다. 베르골리오는 부에노스아이레스의 목자로 이를 위해서도 일하셨습니다. 파코와 투쟁을 벌이는 것이지요. 추기경님은 단지 당신의 작은 가방 하나만 들고 자주 이 변두리 지역에 가시곤 하였습니다. 이 지역은 비천한 사람들과 노동자들이 사는 지역이고, 지독히 나쁜 평판을 가지고 있습니다. 추기경님은 어린이 문제와 매춘에 대하여도 매우 중요한 일을 하셨습니다. 그들은 페루, 볼리비아에서 유괴되어 신원을 잃어버리고, 매춘 시장에 팔리거나, 부잣집에 소위 '암거래' 양녀로 들어갑니다. 이런 청소년들 중 몇 명은 구출되었습

---

* zombi, 안데스 주민들의 민중 신앙의 초자연적인 영매로 주술적인 의식을 통하여 죽은 시체에 생명을 되돌려 주어 되살린다.

니다. 베르골리오 추기경님은 이 일을 위하여 엄청난 시간과 자본을 투자하셨습니다."

우리는 주교좌성당 안을 지나 제의실 쪽으로 걸음을 옮겼다.

"제 관점으로는 오늘날 교회에 필요한 개혁은 내핍 생활입니다. 순례하는 교회, 밖을 내다보는 교회, 선교하러 가는 교회, 예수님의 핵심적인 메시지로 돌아가는 교회가 되어야 합니다. 이 모든 것은 베르골리오의 특징입니다. 바로 이 때문에, 즉 예수님의 메시지에서 영감을 받은 지속적인 사목 활동으로 인하여 그는 이곳 부에노스아이레스에서 유명해졌습니다. 베르골리오는 도시의 넝마주이들과 이야기하려고 멈춰 서는 그런 사람입니다. 그들은 이리저리 돌아다니는 방랑자들(건달들) 같습니다. 그들은 걸레 조각 같은 옷을 걸치고 다니는 가난한 이들이며, 얼마간의 돈을 벌기 위하여 재활용 종이를 주우러 다니기 때문입니다. 베르골리오는 그들에게 그 지역의 음료인 마테차를 가져다주거나, 단순히 그들을 위로하고, 그들이 필요한 것이 무엇인지 물어보려고 그들에게 다가가십니다. 정상적인 사람들이라면 거명조차 피하는 빈민가의 가난한 사람들을 찾아보기 위하여 그분은 도시 변두리로 나가십니다.

베르골리오가 로마에 감으로써 바티칸의 봄이 시작되었습니다. 콘클라베 전에, 우리가 어떤 교황을 원하는지 서로 물었을 때, 바로 이런 말을 했습니다. 가능한 한 예수님을 가장 많이 닮은 추기경을 뽑아야 한다고요. 그러나 저는 그렇게 되리라고 믿지는 않았습니다. 진실대로 말하자면, 그를 선출하리라고는 전혀 생각하지 못했습니다. 저는 밀라노나 상파울루에서 나올 것이라고 생각했습니다. 특히 호적상 70세 이하의 사람이 될 것이라고들 말했거든요. 그러나 베르골리오는 76세임에도 불구하고 끊임없는 사목 현장의 일로 단련된 비상한 힘을 가지고 있습니다.

우리는 모두 그가 부에노스아이레스에 돌아오리라 기대하고 있었으므로, 이미 성주간을 위한 만남을 준비하고 있었습니다. 그런데 친구가 제게 전화를 걸어 말했습니다. 그는, '페데리코, 지금 CNN 방송에서 들었는데, 교황이 베르골리오라는군, 베르골리오라고!' 하며 소리를 질렀습니다. 저는 믿기지가 않았습니다. 제 반응은 1986년의 월드컵 결승전 중에 있을 때와 똑같았습니다. 컵을 들어 올리는 것을 보았을 그때처럼. 그때 저는 어렸지만 제가 기억하는 느낌은 같은 것이었습니다. '우리는 챔피

언이 되었다!' 말로 형용할 수 없는 감정, 그런 느낌이었습니다. 사실 최근 6년 동안의 제 삶은 그와 함께 일하며 지내는 것이었으니까요."

루쏘 신부가 왔다. 그는 굵은 바리톤 음성을 가진 상당히 육중한 몸매의 인물이었다. 나를 안내해 들어간 방은 그의 목소리로 쩌렁쩌렁 울리고 있었다.

"저는 아직 교황님과 이야기를 못했습니다. 그분은 아직 시간이 없으셨지요. '프란치스코'라는 이름을 선택한 것은 그지없이 중대한 일입니다. 추기경님은 가난에 대하여 말씀하실 때, 어떤 분야도 제외하지 않는 온전한 가난, 물질적 가난과 정신적 가난을 통틀어 말씀하셨습니다. 그는 가난한 노숙인들과도 함께 사셨지만, 또한 외로운 사람들과도 함께 지내셨습니다. 고독은 본질적으로 일종의 가난이지요."

나는 루쏘 신부에게 교회가 라틴 아메리카인 교황을 가지게 된다는 것이 무엇을 의미하는지를 물었다.

"가난한 사람들을 위한 가난한 교회가 되는 것입니다. 라틴 아 메리카가 교회에 가져다줄 수 있는 가장 큰 부는 민중 신심입니 다. 이 대륙의 문화와 연결되어 있는 신선함과 열광적인 활기입 니다. 자발적인 종교 생활이지요. 예를 들면, 순례 기간 동안 이 길을 걸어서 순례하는 사람들이 수백만 명입니다. 이러한 현상은 세계의 다른 어느 곳에서도 찾아볼 수 없는 것입니다. 이는 순전 히 형식적인 경직된 종교 실천과는 정반대되는 것입니다.

라칭어와 베르골리오 사이에 연속성이 있다는 것은 확실합니 다. 이 두 교황님들은 지극히 사랑스럽고 단순한 인물들입니다. 특히 몸짓이나 외모상으로 그렇습니다. 라칭어는 복음을 비상하 리만치 심도 있게 읽을 줄 아시고, 베르골리오는 매우 독자적이 지만 두 분 다 강론을 자기 것으로 만들어 하십니다. 강론을 그냥 읽는 것이 아니고, 문자적으로 텍스트에 매이지 않고 개인적으로 이해하고 즉흥적으로 합니다. 그들은 그 형식에 있어서와 진리에 대한 사랑 면에서 비슷합니다. 베르골리오는 굉장한 사목 경험이 있고, 라칭어는 교회 통치 면에 뛰어난 경험을 가지고 있습니다. 그러나 사람들이 말하는 바와 같이 교회는 계속 개선되고 있습 니다. 각자는 무언가 새로운 것을 가져옵니다만, 그것을 계속성

47

베르골리오 추기경의 책상, 그 위에 베네딕토 16세 교황의 사진이 있다.

프란치스코 교황이 평상시에 기도하던 주교좌성당 부속 소성당, 일반인에게 개방된다.

부에노스아이레스 주
교좌성당의 제의실.
베르골리오의 장백의
가 걸려 있다.

알레한드로 루쏘 신부(부에노스아이레스 주
교좌성당의 총지배인)가 방금 받은 휴대전
화 문자 메시지. 로마에서 프란치스코 교황
과 점심 식사를 한 직후에 에두아르도 호라
쇼 가르시아가 보낸 것이다.

안으로 들어옵니다."

그러는 동안 나는 제의실 안으로 안내를 받았다. 그곳은 베르골리오가 미사를 시작하기 전에 준비하는 곳이다. 테이블 위에는 전 교황 베네딕토 16세의 사진과 성경, 그리고 다른 몇 가지 물건들이 놓여 있었다. 루쏘 신부는 계속하여 말했다.

"교회에 필요한 첫째 개혁은 그리스도가 전하는 메시지의 순수한 진리를 그대로 보여 주는 것입니다. 예수 그리스도와 함께 소개되는 외부적인 화려함을 지니지 않은 교회, 가난한 교회가 되는 것입니다. 다른 것을 보여 줄 필요가 없고, 오직 그리스도의 정의, 그리스도의 진리, 그리스도의 사랑만을 보여 주는 교회가 되어야 합니다. 가난한 외모는 메시지 면에서 내용이 풍부함을 의미합니다."

나는 라틴아메리카에 복음주의 종파들이 들어오는 것에 대한 걱정이 있는지를 물었다. 루쏘 신부는 말한다.

"복음주의 교회는 일종의 십자군을 대하는 것처럼 대면할 수는 없습니다. 그러나 교회가 제공할 수 있는 모든 것을 가지고 그들을 만나야 합니다. 그들은 사용할 수 있는 경제적 수단을 많이 가지고 있고, 거대한 투자를 할 수 있으나, 우리는 사심 없는 사목, 상업적인 것을 추구하지 않는 가난한 사목, 몸 대 몸, 사람 대 사람이 만나면서 삶의 증거를 통하여 진리를 보여 주는 사목을 겨냥해야 합니다. 그 외에 아르헨티나는 남미에서 유럽과 가장 유사한 국가이므로, 가장 이성적인, 그러니까 가장 유럽적인 성격의 민중 신심을 누리고 있습니다. 이것이 복음주의 종파의 맹렬한 전파를 막아 주고 있다고 생각합니다."

몇몇 언론인들은 베르골리오가 군사 독재와 싸우기 위하여 그다지 노력하지 않았다고 비난했다. 이것이 사실인지 나는 루쏘 신부에게 물었다.

"베르골리오를 반대하는 선전은 잘 알려져 있고, 이미 몇 년 전으로 거슬러 올라갑니다. 중상과 비방의 출판물은 지속되어 왔습니다. 반성직주의자들이지요. 교황 파첼리(비오 12세)에 대하여는 히틀러의 친구라고 하고, 롱칼리 교황(요한 23세)은 모더니스트라고 했으며, 몬티니 교황(바오로 6세)에 대하여는 공산주의자라고 했습니다. 이 모든 것은 교회의 영적인 적대자들의 비방이며, 소문을 만들어 내기 위한 비현실적 상황들을 모색하는 처사들입니다. 이러한 비난(고발)에 대하여 저는 이렇게 대답하겠습니다.

'나는 너에게 말한다. 너는 베드로이다. 내가 이 반석 위에 내 교회를 세울 터인즉, 저승의 세력도 그것을 이기지 못할 것이다.' (마태 16, 18)

이것이 거짓 비판에 대한 교회의 자세여야 합니다."

나는 시내에서 베르골리오의 사진과 함께 '아르헨티나와 페로니스트'*라는 글이 보이는 10여 장의 포스터에 대하여 그에게 물었다.

"그런 것들은 추기경에게 붙이는 한 조각의 '영광'을 구가하는

---

* Perón, Juan Domingo, 아르헨티나의 군인 · 정치가(1895~1974). 요직을 거쳐 대통령에 취임하고 사회 보장 정책과 고임금 정책을 폈으나, 강한 독재적 성향 때문에 1955년에 군사 봉기에 의하여 실각하였다. 1973년에 귀국하여 다시 대통령이 되었으나 심장병으로 급사하였다.

사람들의 정치적 포스터입니다. 페로니스트들은 추기경을 자기네들 중의 한 사람으로 대합니다. 그러나 그들만이 아닙니다. 모든 사람들이 조금씩 그를 자기편으로 만들려고 합니다. 이 순간에는 모두들 교황파가 되지요. 급진주의자들은 교황님이 급진주의자라고 하고, 플로레스(베르골리오의 탄생지) 사람들은 플로레스의 교황이라고 합니다. 모두가 그를 환호합니다. 모두들 교황이 자기들과 똑같다는 걸 알리려고 말합니다."

그리고 그는 이어서 말한다.

"인터넷상에는 성작을 높이 든 베르골리오의 사진이 있고, 그밑에 '그는 우승컵을 자랑하는 성 로렌조의 유일한 팬이다.'라고 쓴 것도 돌아다닙니다."

그는 웃으며 말을 이었다. 베르골리오가 성 로렌조 축구팀의 열광적인 지지자로 알려져 있다는 것이다. 현재 이 축구팀은 최근에 중요한 경기에서 한 번도 이기지 못한 팀으로 분류되고 있다.

부에노스아이레스 주교좌성당 제의실 내부
피오 신부의 깃발이 걸려 있다.

휴대전화로 통화하고 있는 알레한드로 루쏘 신부

루쏘 신부가 제의실에 있는 의자에 앉으면서 말했다.

"오늘 우리는 아버지를 잃은 고아가 된 느낌입니다. 그러나 로마에 주교를 주게 되어 매우 기쁩니다. 그분은 각 사람의 능력을 알아주시고 천한 일을 귀하게 여기는 사람, 모두에게 부를 가져다주는 사람입니다."

그는 네트워크에 대하여 말하면서, 로마까지 베르골리오를 수행한 부주교, 에두아르도 호라쇼 가르시아 주교가 자기(루쏘 신부)에게 문자 메시지를 보냈다면서 그것을 나에게 보여 주었다.
"나는 프란치스코와 함께 점심 식사를 하고 나서 그에게 말했다네. 자네가 너무 기뻐서 아직도 울음을 그치지 못했다.'고."
루쏘 신부는 감격하였으나 그 표정을 드러내지 않고 일어나서 커다란 옷장 두 개를 보여 주었다. 추기경일 때 사용하던 베르골리오의 수단과 제의를 꺼내 보여 주며, "이젠 거의 유품이 되었군요."라고 빈정거린다.

"나는 그분이 로마로 떠나기 전에 그를 마지막으로 본 사람이었습니다. 나는 그에게 두 가지를 말씀드렸습니다. 무엇보다 먼저 이렇게 말했습니다. '추기경님, 콘클라베에 들어가실 때 저를 기억해 주십시오. 그리고 베르골리오 추기경님 75표, 베르골리오 추기경님 76표, 베르골리오 추기경님 77표, 하는 걸 듣게 되고, 이어서 박수가 터질 때, 바로 그때 저를 기억해 주십시오!'"

나는 그에게 그것이 일종의 직감이었느냐고 물었다.

"하얀 연기가 나오는 것을 보았을 때, 나는 나의 동료에게 가장 중요한 순간이라고 말했습니다. 왜냐하면 추기경들이 교황을 뽑았으나, 우리는 그가 누구인지, 어디 출신인지 모르기 때문이지요. 하얀 연기와 우리가 교황을 가지게 되는 그 사이의 기나긴 몇 분간은 최고 대사제의 인격에 대한 믿음을 새로이 하는 순간일 수밖에 없습니다. 그 몇 분간은 특별한 감동의 시간입니다. 새 교황이 대사제로서의 교황복을 갈아입으러 가셨다는 소리를 들었을 때, 나는 즉시 아래층에 있는 수위를 불러 415번지의 출입문을 닫으라고 했습니다.

'당장 닫으세요. 그러지 않으면 군중이 밀려들 테니까요!' 그는 나에게 물었습니다. '도대체 왜 그러세요?' 나는 대답했습니다. '왜냐하면 추기경들이 그를 교황으로 만들었으니까요.' 그는 또, '그걸 어떻게 아세요? 아직 얼굴을 드러내지 않았잖아요.' '내가 그걸 느껴요. 그건 내 속에만 담아 놓을 수 없는 직감입니다.'라고 내가 대답했습니다. '그리고 이건 그대들 덕분이기도 하지요.'"라고 루쏘 신부는 나를 가리키며 말을 이었다.

"맞아요. 미디어 덕분이지요. 왜냐하면 베르골리오는 모든 예상 밖의 인물로 치부되고 있었고, 교황 선출을 앞서 나오는 모든 담론들 밖에 있었으니까요. 아무도 그에 대하여 말하는 사람이 없었어요. 나는 이것이 어떤 표시라고 생각했습니다. '하느님의 섭리는 항상 우리 예상을 뛰어넘어 우리를 놀라게 하시니까.'라고 혼자 중얼거렸습니다."

그러자 나는 추기경이 부에노스아이레스를 떠나기 전에 추기경에게 말한 두 번째 것이 무엇이었는지 물었다.

"추기경님, 사도 헌장에서, '하느님을 대신하여, 선출된 형제가 이 직무를 받아들이기를 청합니다. 하느님께서 당신의 짐을 무겁게 하실 때, 즉시 당신에게 은총도 주십니다.'라고 말하는 대목을 기억하세요."라고 말했습니다.

그러니까 그분은 무엇이라 대답하셨나요?

"그만하게, 알레한드로, 난처하게 굴지 말게!"

story . 4

사랑의 교황

그날 밤, 부에노스아이레스에서는 새벽이 되기 전에 프란치스코 교황의 교황 직무 시작 미사 중계를 위하여 바티칸과의 연결을 기다리며 밤을 새웠다. 모든 이들에게 아직도 베르골리오 추기경인 그분과 만나는 시간을 기다리는 수천 명의 신자들이 수도 부에노스아이레스의 그 역사적인 광장을 입추의 여지없이 가득 메웠다.

흰색과 노란색(바티칸 시국의 국기 색깔)의 빛으로 조명된 주교좌성당 밑에 모인 군중 속에는 수많은 젊은이가 대형 스크린에 직접 비추어 주는 중계 미사에 참례하기 위하여 기다리고 있었다. 그들의 기다림은 현지 시간 새벽 3시가 조금 지났을 때 그 보상을 받았다. 그때 TV와 연결되어 새로운 교황의 모습이 대형 스크린 위에 그대로 드러났다. 아르헨티나 사람인 교황은 자신의 동족들에게 스페인어로 인사를 건네었다.

"멀리 떨어져 있지만 여러분을 매우 사랑하는 이 주교를 잊지 마십시오." 그리고 또 "여러분이 모여 있는 것에 대하여 감사하고, 여러분의 기도에 대하여 감사합니다. 기도하는 것은 매우 좋은 일이고, 우리가 선하신 하느님 아버지를 가지고 있다는 걸 알면서 하늘을 쳐다보는 것은 매우 아름다운 일입니다."라고 말했다. 카사 로사다는 밤새도록 전통적인 오색찬란한 조명으로 빛나고 있었고, 정부 청사는 거대한 교황기로 장식되어 있었다. 자선행사도 끊이지 않았다. 도시의 가장 가난한 구역에 분배해 줄 양식 모으기 같은 것이었다.

무수히 많은 신자, 십여 개의 TV, 라디오 송신기, 전 세계의 보도 기자들은, 새 교황 선출 직후 교황의 원의에 따라, 아르헨티나 주재 교황 대사 에밀 폴 체리히 대주교가 주교좌성당에서 집전한 첫 미사를 이미 참례한 다음이었다.

성당 밖 마요 광장 정면에는 성당 안으로 들어가지 못한 사람들을 위하여 대형 스크린이 설치되어 있었다. 아르헨티나 국기와 바티칸 교황기가 도처에 물결치며 나부끼고 있었다. 사람들로 넘쳐 나고 교통이 혼잡한 마요 광장에는 대망과 의기양양함이 넘실거리고 있었다.

이 신도들 중 하네스는 서른 살, 회계사다.

"저는 베네수엘라 사람입니다. 이 기회에 부에노스아이레스로 날아오는 여행을 감행했습니다. 베르골리오 추기경이 카라카스에 오셨을 때 저도 그곳에 갔었습니다. 저는 그분이 가난한 사람들을 위해서 하신 일들을 알고 있었고, 그래서 직접 그분을 보고 싶었습니다. 그곳에서 그를 처음이자 마지막으로 단 한 번 보았습니다. 그분이 성 베드로 성당 발코니에 모습을 드러내셨을 때, 저는 같은 사람, 내 고장의 길에서 바라보던 그 단순하고 겸손한 사람을 다시 보았습니다. 저는 가톨릭 신자로서, 또한 라틴 아메리카 사람으로서 매우 기뻤습니다. 오늘 카라카스 광장에서 가장 많이 들리는 말은 '희망'입니다. 이는 참으로 프란치스코 교황님이 사람들에게 불어넣으시는 감정입니다."

소피아는 고향이 이탈리아인 남편과 함께 왔다.

"제 남편은 이탈리아 바레세 출신입니다. 저는 아르헨티나 북쪽에 있는 살타 주에 살고 있지만, 이 기회에 이곳까지 왔습니다. 오지 않을 수가 없었습니다. 저는 텔레비전으로 콘클라베를 지켜보았습니다. 베르골리오의 이름이 선포되었을 때 저는 환성을 질렀습니다. 저는 온몸에 소름이 돋았고, 우리는 기쁨이 북받쳐 울기 시작했습니다. 밖의 길거리는 그야말로 축제 분위기였습니다. 종이 울리고 아르헨티나 국기가 바람에 나부끼고 있었습니다. 월드컵 우승 때보다 더했어요. '이는 하느님의 손이다!'라고 저는 생각했습니다. 그야말로 위대한 하느님의 축복입니다. 살타에는 기적의 동정 성모님의 성당이 있습니다. 그곳에는 9월에 민중 축제를 지내기 위해서 그 지방의 모든 사람들이 모여듭니다. 그곳에는 매우 깊은 신앙심을 가진 사람이 많습니다. 저는 아들 셋을 두었는데, 둘은 가톨릭 신자이고, 셋째는 약간 반항적입니다. 그는 무신론자를 자처하고 있었어요. 그러나 베르골리오가 선출되었다는 소식을 듣자, 그는 곧 저에게 전화를 했고, 매우 신이 나 있었어요. 그는 항상 가톨릭에 대하여 전혀 관심이 없었기에 저는 믿지 못했어요. 그러나 이 사건은 그에게도 크나큰 충격을 주었던 것입니다. 베르골리오와 함께 많은 젊은이가 신앙의 길로 들어서리라 저는 믿습니다. 왜냐하면 그분은 당신의 일, 당신의 인격, 당신의 역사 전체라고 볼 수 있는 삶의 증거를 통해 일하시는 교황이시니까요. 그는 항상 현장에 계시면서 활동하는 교황이시고, 단지 말이나 기도로만 행동하시는 교황님이 아니십니다. 젊은이들은 이 점을 매우 귀중하게 여기고 있습니다. 젊은이들은 실제적입니다. 당신이 그들에게 그냥 신앙에 대하여 말하면 입을 삐쭉거릴지도 모릅니다. 그러나 구체적인 사실, 삶으로 살아 내는 자선(사랑), 정열, 자비를 이야기해 주면, 그들은 멈춰 서서 당신의 말을 들을 것입니다. 그리고 만일 당신이 이 교황님처럼 간소하고 엄격한 삶을 살면서 자신을 드러내면, 젊은이들은 당신을 더 잘 이해할 것입니다. 왜냐하면 현대의 물질주의 사고방식과 정반대로 살아가기 때문이지요. 이처럼 교황님은 시대 조류를 거슬러 가시고, 젊은이들은 이를 높이 평가하며, 그 독자성을 알아봅니다. 왜냐하면 이는 그들의 가치 판단 기준 안으로 들어가기 때문입니다. 유행이 지난 사람이 있고, 유행을 따라가는 사람이 있는가 하면, 또한 독창적인 사람도 있습니다. 베르골리오는 독창적인 사람입니다. 모든 의미에서 그렇습니다. 어휘의 문자적 의미에 있어서도 그는 독창적입니다. 다시 말하면 본래의 역사적인 그리스도교의 기원, 복음의 기원으로 돌아가는 것입니다. 오늘날 혹시 아르헨티나에도 누군가 그를 비판하는 사람이 있다면, 세르반테스의 말이라고 잘못 알고 있는 말, '개가 짖으면, 무언가 중요한 일이 일어나고 있다는 뜻이다.'라는 그 말이 생각납니다."

알베르토는 55세, 부에노스아이레스에 사는 기술자다.

"내 딸은 종교학교에 다닙니다. 오늘 그 애도 여기 왔어요."

그는 바티칸 시국의 국기를 들고 있는 소녀를 가리키며, 말을 계속했다. "새 교황의 이름이 선포되었을 때, 저는 일 때문에 시외에 나가 있었습니다. 저는 버스를 타고 있었는데, 내 아이들이 나에게 문자 메시지와 함께 크나큰 감동을 보냈습니다. 이는 가톨릭교회 공동체가 형식적으로나 메시지상으로나 좀 더 투명하게 되기 위한 대단한 기회입니다. 베르골리오는 의로운 사람이고

해 뜨기 전 프란치스코 교황의 교황직 시작 미사를 위하여 바티칸 시국과
연결을 기다리는 마요 광장에 모인 신자들

거대한 플래카드에 교황의 사진
이 있고, "우리는 그를 주교로 맞
았고 이제 그를 교황으로 맞이한
다." 라는 말이 쓰여 있다.

순수함의 특징을 가장 잘 육화한 사람입니다. 이 새 교황은 건강한 정치, 구체적인 정치를 위한 기회를 제공합니다. 교회가 윤리적인 주제에 대하여 개입하면 왜 비판을 가하는지 저는 이해할수가 없습니다."

후안 마누엘, 산호세에 거주하는 그는 33세의 변호사다.

"흰 연기가 피어올랐다는 말을 했을 때, 저는 제 사무실에 있었습니다! 우리는 한 시간을 기다렸어요. 기다리는 동안 우리는 모두 기도하고 있었습니다. 그의 이름을 들었을 때, 우리는 감격한 나머지 기절할 정도는 아니었지만 영화를 보고 있는 것 같았습니다. 그 놀람을 이루 다 말로 형용할 수 없었습니다. 밖에서는 축제의 종이 울리고, 다른 교파의 나의 친구들 역시 무언가에 승리한 것처럼 기뻐 뛰었어요. 그는 모든 사람들을 일치시키는, 복음주의 교회 신자들, 개신교 신자들을 일치시키는 교황입니다. 저는 그가 추기경일 때부터 그를 알고 있었습니다. 저는 그가 이런 말씀을 하셨던 것이 기억납니다. '절대로 남보다 낫다고 생각하지 마십시오. 겸손한 사람이 되십시오.' 정말 비범하신 특별한 목자이십니다. 호르헤 베르골리오가 바로 이런 사람입니다. 앞으로 그가 결정할 일들에 대하여 사람들이 예언하는 바가 돌아다닌다는 걸 들었습니다만, 저는 예언하지 않겠습니다. 왜냐하면 그의 판단을 전적으로 믿기 때문이지요. 우리나라는 200년의 역사를 가지고 있습니다. 짧은 역사지만, 그렇다고 해서 아주 짧다고 말할 수도 없습니다. 같은 나라 사람이 교황이 된 이 역사적인 시대에 제가 살고 있다는 것이 정말 행운이라고 생각합니다."

호세피나, 62세, 그는 주간 내내 주교좌성당 앞에서 〈오쎄르바토레 로마노〉 스페인어판을 팔고 있다. 주일에 아직도 3월 13일의 특별 편집판을 판매하고 있었다.

"저는 개인적으로 베르골리오를 알고 있습니다. 그는 항상 이곳 주교좌성당 입구에 멈추어 서서 우리들에게 인사하시곤 했습니다. 저는 그가 주교였을 때 알았고, 그 후에 대주교가 되었을 때, 그리고 추기경이 되었을 때 그를 알았는데, 그는 사람들에게, 특히 가난한 사람들에게 항상 같은 자세를 취하셨습니다. 지금도 똑같습니다. 이제는 그리스도의 대리자가 되신 것뿐이지요. 저는 많은 사람이 그분에게 직접 고해 성사를 받았다는 것을 알고 있습니다. 저는 직접 그분의 강론을 많이 들었습니다. 그분이 이야기하실 때에는 성당 안에서 파리 한 마리 날아다니는 소리도 들리지 않았어요. 그야말로 완전한 침묵이었고, 사람들은 대단한 주의를 기울여 그가 발음하는 말 한마디 한마디에 귀를 기울였습니다. 성령께서는 베르골리오와 함께하셨고, 그렇다는 것이 역력히 보였습니다. 교황인 그분의 이미지를 한마디로 요약한다면, 저는 이렇게 말하겠어요. 그는 '사랑(자비)의 교황님'이시라고요."

그러는 동안, 주교좌성당 안쪽으로부터 체리히 대주교의 강론 말씀이 울려 나오고 있었다.

"베르골리오는 영적으로, 인간적으로 고매한 품성을 지닌 인물이고, 지성적이고 명석하며, 겸손하고 항상 사람들에게 가까이 다가가는 사람입니다."

강론은 계속된다.

"타우란 추기경이 성 베드로 대성당 발코니에 나타나 베르골리오 교황이 선출되었음을 선포했을 때 우리는 얼마나 놀랐습니

휠체어에 앉은 시민이 팔에 루한 성모상을 안고 있다.
마요 광장에서 생중계하는 교황직 시작 미사에 참례하는 중이다.

까! 그리고 베르골리오가 '프란치스코'라는 이름을 선택했다는 것이 발표되었을 때 얼마나 기뻤습니까!"

큰 굉음이 들려왔다. 주교좌성당 안에서는 바티칸 시국의 국기들이 펄럭이고, 일 분간 계속되는 커다란 박수 소리가 강론을 중단시켰다. 감정이 너무나 벅차올라서 참을 수가 없었기 때문이다. 신앙은 강력하다. 희망은 새로워진다.

모든 사람의 아버지

화요일 아침 5시, 베르골리오 추기경이 평소에 미사를 드리던 소성당 문이 잠겨 있었다. 당시 추기경인 그는 훨씬 안락한 개인 소성당을 가지고 있었음에도 불구하고 이곳에 오기를 선호했다. 어떤 사람이든 사람들과 함께 있기 위하여 이곳에 오곤 했다.

126번 버스 정류소가 있는 성당이다. 매일 아침 루한(Luján) 성모상 밑에서 기도하려고 이곳을 지나간다. 거기 높은 곳에 성모상을 안치하게 한 사람이 바로 베르골리오 추기경이었다.

"프란치스코 교황님을 주신 것에 대하여 하늘에 감사드립니다."

훌리오가 말한다. 그는 보안관으로 노란 형광색 조끼를 입고 있었다. 그의 뒤에는 프란치스코 교황의 교황 직무 시작 미사가 집전될 성 베드로 광장과 연결하려고 온 국제 매체들을 저지하는 바리케이트가 쳐져 있었다.

"우리는 아르헨티나 사람으로서, '남들보다 더 낫다.'고 생각해서는 안 됩니다. 그러나 더 훌륭한 교황을 뽑을 수는 없었다고 저는 믿습니다. 그분은 우리 모두에게 주시는 하느님의 선물이고, 더 나은 아르헨티나의 건설을 위하여 하느님의 섭리가 내리신 분이라고 믿습니다. 저는 그가 본질적인 간소한 교회를 시작하는 정의로운 사람이 되고, 용서할 줄 알고, 그의 모든 자녀들의 평등을 위하여 투쟁하는 사람이 되리라 믿습니다. 우리는 그러한 교회의 기반 위에 자비로운 공동체의 기초를 건설할 수 있을 것입니다."라며 그는 말을 맺었다.

새벽 5시에 마요 광장은 믿을 수 없을 만큼 인산인해를 이루었다. 전날 밤 10시부터 광장에는 무수한 젊은이들이 모여들어

밤샘기도를 하면서 네 개의 거대한 스크린으로 중계하게 될 미사를 기다리고 있었다. 그들은 마테차와 커피를 마시면서 작은 그룹들을 지어 둥그렇게 붙어 앉아 있었다. 튀김과 치즈도넛을 파는 사람들이 무릎을 꿇고 있는 신자들과 국제 TV 방송국의 사진 기자들의 삼발이 사이를 비집고 자기 수레를 끌고 다니고 있었다.

부에노스아이레스 주교좌성당 바로 앞에 걸린 거대한 흰색 플래카드 위에는 이런 말이 쓰여 있다.

교황이 되기 전에도 이미 당신은 천막에서 함께 투쟁하셨습니다. 교황 성하 감사합니다.

이는 말비나스 섬 퇴역군인들의 프란치스코 교황께 대한 경의의 표현이다. 이들은 아르헨티나 정부가 전쟁 수훈자 신분을 인정하지 않은 군인들이다.

"교황님은 위대한 인물입니다!"라고 알베르토가 눈물을 참으면서 이야기한다.

"교황님은 우리가 마요 광장에 천막을 치고 있을 때 우리와 함께 마테차를 마시러 자주 오셨고, 심지어 우리에게 먹을 것을 가져다주시기도 했습니다. 우리는 이곳 카사 로사다 앞에서 5년째 이러고 있습니다. 업무상 그분이 직접 오시지 못하면 어떤 다른 사람을 통해서 먹을 것을 보내 주시곤 했습니다. 그분은 항상 우리 마음속에 있습니다. 그분의 마음속에는 우리가 있으니까요. 이제 교황님이 되셨으니 더욱 그러합니다."

어떤 부인이 이야기하기 시작한다. 그녀는 한 손에는 프란치스코 사진을, 다른 손에는 팔마 잎사귀를 들고 있었다.

"저는 그 어느 날의 기억이 아주 생생합니다. 저는 주교좌성당 가까이에서 제 딸을 기다리고 있었습니다. 그때 동냥을 구하는 어떤 여자가 지나가는데, 바로 그 순간에 당시의 베르골리오 추기경님도 지나가셨습니다. 추기경님은 걸음을 멈추시고 그 여자에게 그와 가족들이 어떻게 지내는지 물으셨습니다. 이어서 필요한 것이 있느냐고 물으셨습니다. 그분이 떠나자, 그 여인은 제게 다가와 말했습니다. '저분은 비자 21번가(부에노스아이레스에

77

서 가장 큰 판잣집 촌. 바라카스 구역에 소재)에 오시는 신부님이세요. 우리들과 그 주변의 모든 사람들과 함께 마테차를 마시러 오신답니다.' 그러나 그 여자는 그분이 추기경인 줄을 모르고 있었습니다. 제가 그분이 추기경이라고 말해 주어도 그 여자는 믿으려 하지 않았습니다."

또 다른 사람들의 추억이 이어진다. 후안은 30세이다.

"저는 회계사입니다. 우리는 무척 감격했습니다. 저는 그분을 잘 알고 있습니다. 그분이 우리 동네 팔레르모 구역 본당 출신이시기 때문이지요. 매년 어느 주말에 그분은 그곳에 와서 미사를 드리십니다. 작년에 그분은 직접 저에게 고해 성사를 주셨습니다. 상상해 보세요. 그분이 교황으로 선출되었다는 소식을 들었을 때, 제가 얼마나 감격했겠는지! 정말 매우 인내가 많으시고 이해심이 뛰어나신 교황님이십니다. 특히 유럽 밖의 교황이시고, 세계에 대한 다른 비전을 가지고 계신 교황이십니다. 그분은 유럽 사회에 대한 다른 관점을 가지고 계십니다.

유럽의 빈곤은 우리의 빈곤, 남미 전체의 빈곤과는 전혀 다릅니다. 여러분에게는 빈곤이라고 하면 실직 정도이고, 실직이라 해도 적어도 항상 잠잘 집이 있고, 가족의 집, 신도시 지역에 있는 할머니의 집이 있습니다. 그리고 적어도 생계를 이어 가기 위한 소소한 일거리들이 있습니다. 그러나 우리들에게는 빈곤이란 아예 사회 자체 밖으로 추방되어 있다는 것을 의미합니다. 젊은 이들은 쓰디쓴 생각을 계속합니다. 어떤 사람이 정말 빈곤이 무엇인지를 이해하고 싶다면, 이곳 남미에 와서 보아야 합니다. 이곳에는 수백 수천의 빈궁한 사람들이 살고 있고, 그들 중 가장 어린아이들도 학교에 다니지 못하는 지역들이 허다합니다.

유럽에서는 문화적 빈곤이라는 문맹이 무엇인지조차 모를 정도로 문맹자가 없습니다. 아마 30년 또는 40년 전에는 유럽에도 문맹이 있었겠지만 다행히 오늘날 여러분에게는 그런 것이 없습니다. 그러나 이곳에서는 문맹이 커다란 문제입니다. 당신이 가난한 사람들에게 다가가 보면, 정말 아무것도 없는 사람들은 모두 문맹자들입니다. 그리고 문맹인 데다 가난하면, 마약 사용에 빠져듭니다. 베르골리오는 추기경으로서, 아니 그 이전에도 이런 마약 중독 현상과 싸우면서 사셨습니다."

바티칸 시국과 연결하여
직접 미사를 중계하는 동
안에 신자들이 운집한 마
요 광장의 모습.

밀타는 칠레 출신이다.

"저는 집에 있었어요. 그 소식을 듣고 정말 무척 기뻐서 껑충 껑충 뛰었습니다. 저는 실제로 신앙생활을 하고 있는 사람으로서 리마 본당 소속입니다. 이곳 부에노스아이레스에 친척들이 살고 있어요. 그야말로 역사적인 순간입니다. 저는 이 교황님을 믿고, 크나큰 희망을 가지고 있습니다. 저는 그를 명성과 평판으로만 알고 있었어요. 이 교황님은 그의 삶 전체가 보여 주듯이 단지 겸 손의 증인으로만 끝나는 것이 아니라, 남미 전체의 일치에 대한 희망의 증인이십니다."

마지막으로, 호세피나는 23세, 신문방송학을 공부하는 여대생 이다.

"저는 어젯밤 저녁 10시에 이 광장에 왔어요. 우리는 바로 저 기서 야영을 했습니다."라고 말하며 나에게 나무 하나를 가리켜 보였다. 나무 밑에는 털 침낭 속에 들어가 있는 다른 젊은이들이 보였다. 그는 덧붙여 말한다.

"우리는 밤새도록 함께 기도하고 함께 노래했습니다. 우리는 밤새도록 기도를 계속했는데도 조금도 피곤하지 않습니다. 로마에서 우리 교황님의 말씀을 듣게 될 순간이 언제가 될지 모르지만, 우리는 기다리고 있습니다. 우리는 푸에르토 마드린에서 왔습니다. 어떤 사람들은 멘도사에서까지 왔습니다. 우리는 아르헨티나 사람으로서, 가톨릭 신자로서 자부심을 느낍니다."

그러는 동안 광장에 모인 사람들이 아르헨티나 국가를 부르기 시작하였다. 처음에는 수줍은 듯이 시작했지만, 점점 더 그 힘이 커지더니, 열정은 전염되어 모두가 힘차게 불렀고, 프란치스코 교황이 정면에 나타나는 순간에 기다란 박수로 화답하였다.

비자 21번가에 찾아온 희망

비자 21번가는 부에노스아이레스의 가장 빈곤한 지역 중의 하나다. 베르골리오 '신부'는 마약 중독자 청소년들에게 도움을 주기 위하여 이곳에 오곤 했다. 대교구장이었던 베르골리오 추기경은 몇 명의 신부들과 함께 청소년들의 구제를 위하여 마약 판매와 마약 사용에 대항하여 싸우는 긴급 활동을 조직적으로 하고 있었다. 비자 21번가에서 마약은 특히 21세기 초부터, 다시 말하면 경제적 대위기 시대부터 대량으로 반입되기 시작하였다. 왜냐하면 빈곤은 적대적인 운명으로부터의 도피 수단인 일시적 완화제로 마약의 유포와 불가피하게 연결되어 있기 때문이다.

"이 지역에서 마약은 용인된 정도가 아니라 그 이상입니다."라고 구제소 하나를 운영하고 있는 올리베로 신부가 말한다. 우리는 그를 구제소 근처에서 만났다.

"이곳에는 마약 거래와, 사춘기 청소년들, 그보다 더 어린아이들의 마약 소비를 방지하는 경찰이 없습니다. 아이들은 습관성이 될 위험이 매우 높은 강력하기 짝이 없는 무기를 손에 들고 있는 것입니다. 그 무기는 '파코'를 말하는데, 이는 환각제와 비슷한 것으로 코카인 찌꺼기에다 유산硫酸을 섞어 조제한 값싼 마약입니다. 이 지역은 매우 평판이 좋지 않은 지역이지만, 문제는 사람들 사이에서 일어나는 문제나 일반화된 어떤 형태의 범죄가 아닙니다. 문제는 마약 거래입니다. 불법적인 거래로 부유해지는 사람들은 이 지역에 살지 않습니다. 이곳에는 마약 판매 소상인들과 마약의 첫 번째 희생자인 상습적인 마약 소비자들, 그리고 이 지역에 대한 나쁜 평판이 나오게 만드는 사람들이 살고 있

2012년 성목요일에 '바리알 돈보스코 센터'에서
호르헤 마리오 베르골리오 추기경이 어린이에게 세례를 주고 있다.

습니다. 왜냐하면, 마약을 살 돈이 없는 마약 중독자는 그 마약을 손에 넣기 위해서 무슨 짓이든 다 행할 태세가 되어 있다는 것은 자명한 일이기 때문입니다. 이런 사람들 때문에 이곳을 지나가게 되는 외국인이나 다른 지역에 사는 아르헨티나 사람들 역시 즉시 잠정적인 마약 구입자가 됩니다. 그러나 다시 말하건대, 무엇보다도 그들은 희생자들입니다. 권한을 가진 자들이 이를 방지하기 위한 어떤 방도도 강구하지 않기 때문에 제재가 되지 않는 이런 상황의 희생자들인 것입니다."

우리는 본당에서 100여 미터 떨어져 있었다. 올리베로 신부는 이마를 찡그리며 주위를 둘러보고 나서 중후한 목소리로 말을 계속하였다.

"문제는 많은 사람이 법의 적용과 준수에 있어서 합법과 불법이 공존하는 일종의 회색지대가 존재하는 것이 편리하다고 생각하는 것입니다. 특히 마약 거래상들이 그렇게 생각하고, 무기 거래상도 마찬가지로 생각합니다."

사실 무기 거래는, 살인자의 수가 많은 이 지역의 또 다른 상처다. 사제는 말을 계속한다.

"이런 상황에서 첫째 희생자들은 이 지역 밖에 사는 사람들이 아니라, 이 지역 주민들 자신입니다. 그러므로 가장 걱정되는 사람들은 멀리 떨어져 사는 사람들이 아니라, 그곳 주민들 자신입니다. 파코에 빠진 아들 하나 때문에 완전히 망가진 가정들을 알고 있습니다. 이들은 대개 잠재력이 많은 청소년들입니다. 공을 잘 차는 소년들이거나 공부 잘하는 우수한 여학생들이었는데, 파코 피우기를 끊지 못하니까 길에서 매춘을 하게 됩니다. 보십시오. 이런 타락의 수준까지 내려와 있습니다."

그래서 나는, 이런 현상과 싸우기 위해서 단체들이 계획하고 있는 활동들은 어떤 것이 있느냐고 물었다.

"여러 제안이 있다는 말이 들립니다. 그런데 그런 제안들은 마약 사용을 합법화하자는 것입니다. 그러니까 저는, 이런 현상들에 대하여 참으로 심각하게 신경을 써야 할 사람들, 즉 입법자들이 입법화하고자 하는 것이 무엇인지나 알고 있는지 의문입니다. 그런데 그런 사람들은 절대로 이곳 삶의 상황을 알아보기 위해 이 지역에 와 보지도 않습니다. 그런 사람들은 우리가 이런 청소년들하고 무슨 일을 하고 있는지조차 알아보려고도 하지 않습니다. 베르골리오는 악명 높은 이 지역에 혼자서 자주 오셨습니다. 그러므로 그는 강론에서 그러한 주제를 다룰 때 무슨 말을 해야 하는지 알고 있습니다. 그는 항상 이곳을 가까이했고, 이 버림받은 청소년들을 위해 항상 도움을 주셨습니다. 가장 심각한 문제는 그들에게 강력한 윤리적·심리적 지주가 필요하다는 것입니다. 왜냐하면 많은 이들이 희망을 잃어버렸고, 자신에 대한 자존감도 없습니다. 그들은 스스로 사회의 폐물이라고 느끼고, 의지가 약하며, 그 마약의 터널에서 빠져나올 힘이 없습니다."

올리베로 신부는, 그들이 기댈 수 있는 유일한 버팀목은 교회라고 재차 강조한다.

"모든 희망을 잃어버리고 사회에 더 이상 받아들여지지 못한다고 느끼는 청소년들에게 우리가 제일 먼저 하는 일은, 예수님에게는 모든 사람이 '신성한 존재'라고 말해 주는 것입니다. 각각의 사람은 다른 모든 사람들과 똑같은 존엄성을 지니고 있다는 것, 각각의 사람은 하나의 부라고 말하는 것입니다. 이 청소년들은 살아갈 힘을 되찾아야 합니다. 우리가 하는 일은 이들을 건전한 사회 안으로 복귀시키기 위한 일입니다."

물론 이 과정은 쉽지 않다.

"사회 복귀에 가장 큰 장해가 되는 것 중의 하나는 실제적인 진로 지도의 부족입니다. 이들은 더 이상 지식에 대한 배고픔도 없고, 또 다른 새로운 체험을 하고 싶은 호기심을 더 이상 느끼지도 않는 아이들입니다. 이들은 싫증에 익숙해져 있고 할 일이 아무것도 없기 때문에, 쉽게 인생은 의미가 없다는 결론에 도달합니다. 정신적 좌절감의 틈새 안에서 우울감이 자신의 골방을 만들고, 굉장한 노력과 의지로 재활을 위한 대작업을 하지 않는 한, 거기서 빠져나오지 못합니다. 이것이 바로 우리가 시도하는 작업입니다. 성경을 통하여 하느님의 말씀을 지혜롭게 사용하고, 영적인 활동을 통하여 이 젊은이들의 영혼 안에 깊숙이 들어와 살

2012년 성목요일, 바리알 돈보스코 센터에서 드린 미사의 순간들

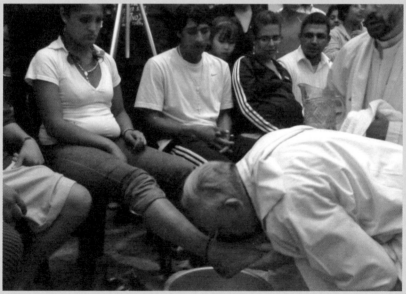

호르헤 마리오 베르골리오 추기경이 바리알 돈보스코 센터에서 열두 명의
젊은이들의 발을 씻겨 주고 나서 발에 키스하고 있다.

고 있는 회의주의와 좌절감을 쳐부수어야 합니다. 희망을 되돌려 주고, 모든 어려움에도 불구하고 인생은 살아 볼 만한 가치가 있는 것이라는 존재에 대한 긍정적인 자각을 되살려 주는 일입니다. 사람들은 종종 마약 중독이 도저히 손쓸 수 없을 정도로 위축되어 버린 영적 차원의 문제라는 것을 인식하지 못하고 있습니다. 이는 생물학적인 문제가 지엽적이라고 생각한다는 의미가 아니라, 그것이 문제의 전부가 아니라는 사실을 말하는 것입니다."

현대 사회는 우리에게 모든 것을 약으로 해결하려는 습관을 들여 주었다고 내가 지적하자 그가 말했다.

"모든 것을 위한 알약은 있지만, 청소년들에게 위기 상황에 대비하는 수단을 제공해 주는 참다운 교육은 없습니다. 해결책을 찾는 데 있어서, 올바른 문화가 이미 우리에게 마련해 준 것들과 함께, 자기 자신 안에 있는 힘을 찾아내어 해결하기보다는 약의 도움을 받아 문제들을 아주 쉽게 해결하거나, 해결하려는 생각을 가진다는 것이 문제입니다. 문제를 해결하기 위해서는 보다 피상적이지 않은 삶으로 눈을 돌려야 합니다. 빠르고 쉬운 해결책으로 문제를 해결하는 것은 언제나 오래가는 구제책이 되지 못한다는 것을 어릴 때부터 배워야 합니다. 오히려 그러한 구제책은 상업적인 형태의 해결을 통하여 얻어지는 것이기에 종종 일시적이고 불안정한 것입니다. 소위 '손쉬운 방법'이라고 하는 그러한 해결책을 고안해 내는 사람들은 우리의 진정한 이익이나 우리의 건강을 마음에 두지 않고, 자기네들의 경제적 이익만을 고려합니다.

많은 산업이 바로 이러한 습성을 이용하여 부당 이익을 취하고 있습니다. 만일 각자가, 예를 들어 신앙의 도움을 받아서, 자신의 실존적인 문제에 대한 해결책을 자기 자신 안에서 찾아낸다면, 오늘날 많은 다국적 기업이 주저하지 않고 실행하여 거두고 있는 행운을 누리지는 못할 것입니다. 대안적인 해결책은 존재합니다. 물론입니다. 어떤 나라에서는 마약이 무상으로 주어지고, 누구나 쉽게 사용할 수 있습니다. 심지어 친구처럼 당신 곁에 있으면서 정당한 방법으로 당신을 이끌어 가는 사람의 중재를 통하여 소개받으면 더욱 좋겠지요, 그러나 그들은 실제로는 진짜 친구가 아닙니다."

사제는 결론짓는다.

"희망은, 마약 앞에서도, 가장 강력한 약입니다. 돈 들지 않고 공짜이며, 어디서나 얻을 수 있는 명약입니다. 이 때문에 오늘날 신앙에 대해 말하기를 이토록 두려워하는 것이 아닐까요?"

빈민촌을 구한 손길

'프에블로의 어머니 성 마리아' 성당은 비자 델 바호 플로레스 빈민촌에 자리 잡고 있다. 부에노스아이레스 도심에서 버스로 30분 걸리는 거리에 위치하며, 비자 1-11-14번가로 더 잘 알려져 있다. 비자 델 바호 플로레스는 프란치스코 교황이 탄생한 플로레스 지역에서 멀지 않다. 본당에서 몇 걸음 걸어가면, '바리알 돈 보스코 센터'가 있다. 이 센터는 몇 년 전에 구스타보 카라라 신부의 노력과, 당시 호르헤 마리오 베르골리오 추기경의 직접적인 원의에 따라 대교구 구조 기금의 도움을 받아 탄생한 시설이다.

비자는 약 4만 명이 거주하는 지역이다. 주민들 대부분은 수도권 변두리나 볼리비아, 페루, 파라과이 등 가장 가난한 나라 국경 지대 마을에서 이주해 온 사람들이다. 구스타보 신부는 작은 본당으로 가는 좁은 진흙 길로 나를 안내하였다. 이 지역은 전부 여섯 개 구역으로 나뉘어져 있고, 세 명의 본당 사제들이 길거리 청소년들의 사회 복귀 활동을 조직하고 조정하고 있었다. 구스타보 신부가 성당에 도착하기 전에 나에게 보여 준 것은 기숙사였다. 그곳에는 현재 이 센터가 지도하고 있는 복귀 과정의 젊은이들 100여 명 중 열 명이 살고 있었다. 젊은이들의 평균 연령은 20세이지만, 대다수는 이미 사춘기 때부터 마약을 사용하기 시작한 이들이다.

나는 세바스티아노와 이야기할 기회를 얻었다. 그는 스물여섯 살, 열세 살 때부터 파코를 사용하기 시작했다. 그는 이곳 구스타보 신부의 본당에서 시작한 복귀 과정에 들어온 최초의 젊은이들 중의 한 사람이다. 그 후 베르골리오 추기경의 도움으로, '바리알 돈 보스코 센터'라는 새로운 장소가 생기자 전기공, 철공,

97

목공 등의 직업 교육 활동에 참여하기 시작하였다. 세바스티아노는 오른쪽 팔에 계속 경련이 일어나고 있었으므로 가까스로 담배를 피워 물고 나서 말하였다.

"저는 열두 형제들이 있었습니다. 그들 중 가장 어린 동생들 네 명을 제가 돌보아야 했어요. 매일 얼마간의 돈을 벌어야 했지만, 종종 빈손으로 집에 돌아오게 되었고, 그러면 아버지는 저를 때렸습니다. 저는 학교에 가 본 적이 없습니다. 저는 길거리에서 시간을 흘려 버리고 아직 읽기를 배우기도 전에 친구들과 함께 무엇인가를 피우면서 가진 것을 낭비하기 시작했습니다. 그러고 나서 점점 더 심한 것에 빠져들었고, 더 이상 멈출 수가 없게 되었습니다. 저는 거의 12년간 크락을 피웠습니다."

그는 복부에서부터 왼쪽 어깨에까지 이어진 상처를 보여 주면서 말을 계속했다.

"어느 날, 도가 지나치게 마약에 빠져 있던 제 형이 제 가슴을 찔렀어요. 유혈이 낭자했었지요. 제가 성당에 도착했을 때 저는 이미 거의 다 죽은 거나 마찬가지였습니다. 저는 그전부터 구스타보 신부님을 알고 있었어요. 그분은 제가 바보 같은 짓을 하는 걸 보실 때마다, 저를 다시 받아 주신 유일한 분이셨습니다. 그분이 꽤 여러 날 동안 저를 이곳에 머물게 해 주시고 저를 치료해 주셨습니다. 저는 먼저 재활 과정과 해독 과정을 이수하고 나서, 직업 교육을 받게 되었습니다. 저는 지금 전기기계공이 되기 위해서 기술을 배우고 있습니다."

세바스티아노는 베르골리오 신부가 마지막으로 이곳에 왔던 것을 똑똑히 기억하고 있었다.

"볼리비아 사람들의 축일인 코파카바나 성모님 축일이었어요. 이곳에는 볼리비아에서 온 가족들이 많거든요. 그러나 제가 절대로 잊어버릴 수 없을 날은 작년 성목요일이었습니다. 그때 그분은 열두 명의 젊은이들이 12 사도들인 것처럼 그들의 발을 씻겨 주셨습니다. 그 젊은이들 중 한 사람이 저였습니다. 우리는, 아니 그 누구보다도 저는 그분의 신세를 많이 졌습니다. 정말 제가 아직 살아남아 있는 건 다 그분 덕택입니다. 왜냐하면 저의 운명은,

이미 살해당했거나 용량 과다로 죽은 나의 많은 친구처럼, 이미 끝나 버렸을 테니까요. 그렇습니다. 베르골리오 신부님의 '거룩한 만져 주심' 덕분에 제가 이렇게 살아 있습니다."

엘레나는 스물네 살. 이곳 구스타보 신부의 센터에 온지 한 달밖에 되지 않았다. 그가 파코를 사용한 표시는 세바스티아노에게서 보이는 것보다 훨씬 더 뚜렷했다. 우리는 구스타보 신부 사무실에 앉아 있었는데, 헬레나는 시가를 손가락 사이에 끼워 놓고 계속 돌리고 있었다. 시가에 불을 붙이고 싶지만 단념한다. 그러다가 다시 시도하였으나 안 되었다. 안면 경련 같다. 그러고 나서 세 살 난 어린 딸을 팔에 안았다가 아이를 다시 땅바닥에 내려놓기를 계속 반복했다. 마치 과격한 분노에 사로잡혀 있는 것 같았다. 그러다가 마침내 말하기 시작했다.

"우리 아버지는 제가 어렸을 때 돌아가셨어요. 범법자였습니다. 반면에 저의 오빠는 경찰이 죽었어요. 그가 도둑질을 하고 있었는지, 또는 다른 무슨 짓을 했는지 저는 모릅니다. 제가 아는 사실은 경찰이 그를 총살시켰다는 것뿐이지요. 저는 8년 전에 처음으로 임신을 하게 되었습니다. 구스타보 신부님의 센터 청년들이 저를 많이 도와주었어요. 그들이 저에게 와서 이야기하고 저에게 용기를 불어넣어 주었습니다. 몇 주 전까지만 해도 저는 마약 때문에 완전히 절망 상태였습니다. 저는 계속 엄마의 돈을 훔쳤습니다. 제가 벌써 두 딸이 있다는 것을 생각해 보세요. 저는 그들이 먹는지 몸을 씻는지에 대하여는 아무 상관도 하지 않았습니다. 제가 관심을 가지는 것은 오로지 한 대 피우는 것뿐이었습니다. 가진 것 모두를 마약을 구입하는 데 썼어요. 그런데 지금은 다시 희망을 잡고 있습니다. 저보다는 제 딸들을 위해서지요. 그들에게는 다른 미래가 있기를 바랍니다. 특히 마약과 거리가 먼 미래가요."

이때 세바스티아노가 그녀에게 다른 센터에 만날 약속이 있다는 것을 기억하게 해 주었다. 그들은 가야 했다. 이 모든 것은 그지역 성당이 의도하는 프로젝트의 일부이다. 이런 프로젝트가 없었더라면, 이들은 영원히 절망에 빠진 젊은이들이 되었을 것이다. 세바스티아노처럼 그들은 몸뿐만 아니라, 시선에도 한계 상황에서 살았었다는 표시를 지니고 있었다. 오랫동안 사용한 독극

마요 광장의 모습들
말빈스 섬의 퇴역 군인들이 프란치스코 교황을 공경하여 바치는 대형 플래카드

물과 환각제 때문에 아직도 부분적으로 흐릿한 불투명한 시선이다. 이제 미래에 대한 희망의 시선을 찾아 다시 눈에 빛을 켜려고 한다. 이는 영적인 회개, 잠재적인 완전한 구원의 첫 번째 징후인 것이다.

두 젊은이에게 인사를 한 후에 구스타보 신부가 말했다.

"이것이 머리가 부서지도록 노력을 해서 회복한 실존의 모습입니다. 그들이 살던 길거리에서의 삶을 하루만이라도 더 연장했더라면, 지금 그들이 자신들의 체험을 이야기할 일은 없었을 것입니다."

구스타보 신부는 실제적인 사람이다. 잃어버릴 시간이 없어서 시간을 허비하는 걸 좋아하지 않는 그런 사람이다. 인터뷰를 하는 것은 이런 젊은이들과 함께 보내는 몇 분간의 시간보다 덜 중요하다는 것은 확실하다. 이 젊은이들에게 하나의 포옹은 그들이 한 번도 받아보지 못한 진실한 애정이 가득한 몸짓이며, 아무도 그들에게 해 주어 본 적이 없는 존중과 이해의 표시인 것이다. 구스타보 신부는 계속 말한다.

"우리는 소기업 프로젝트로 그들이 직업 시장에 복귀하도록 준비시키고 있습니다."

그는 내게 자기 구두를 보여 주면서 말을 이었다.

"이 구두는 지금은 이곳에 없는 한 청년이 만든 것입니다. 그는 몇 년 동안 우리와 함께 있다가 본당과 대교구의 도움을 받아 작은 사업을 시작하기에 이르렀습니다. 대교구는 그에게 셋집을 얻어 주었지요. 일은 치료 목적을 가지고 있습니다. 이 센터는 축구팀 안에 있는 축구장의 중심부라고 할 수 있습니다. 모든 공은 다 여기를 지나갑니다. 그들은 멀리서 이곳에 오고, 그런 다음에는 우리의 도움을 받아 길고 느린 과정을 거친 후에 다시 자기 길을 찾아 다른 문으로 나가게 됩니다. 우리는 이 젊은이들 각자에게 맞는 과정을 짜 줍니다. 우리는 이것을 '몸에 맞는 일'이라고 부릅니다. 베르골리오 추기경님은 이곳에서 강론하실 때, '삶이 네게 다가오는 대로 그 삶을 받아들여라.'라고 늘 말씀하십니다. 말하자면, 우리는 정해진 표준 회복 프로그램 안에 이 사람들을 꿰어 맞추려고 투쟁을 벌일 수는 없습니다. 각자에게는 그의 치수에 맞는 특별한 동반이 필요하다는 것입니다. 모든 사람의 삶은 있는 그대로 대해야 합니다. 왜냐하면 각 사람의 삶은 서로 다른 부를 그 안에 지니고 있기 때문이지요. 우리는 미리 짜 놓은 교육계획 안에 그들을 집어넣어야 한다고 생각하지 않습니다. 왜냐하면 그것은 그를 다시 내쫓아 버리는 결과를 가져올 테니까요. 우리가 이 사람들에게 적응해 가는 것입니다. 그러고 나서 천천히, 진리는 항상 오직 하나이니까요. 즉 공통적으로 본래 가지고 있는 근본적인 기본 가치, 자연법은 저절로 그들 안에서도 나오게 됩니다. 우리가 가져야 하는 것은 오직 '인내'뿐입니다."

마요 광장 한쪽에 설치된 대형 스크린으로 교황직 시작 미사에 참례하기 위하여 모인 신자들
그들 중에는 젊은이가 많다.

가난한 교회가 되어야

나는 부에노스아이레스로부터 한 시간 반 떨어져 있는 마누엘 알베르티라는 곳에 와 있다. 토마스 신부는 파블로 피카소의 물방울을 닮았고, 활짝 미소를 지으며 끝없이 이야기하는 사람이다. 그는 거의 20년의 역사를 가진 '라스 모라다스 문화센터'와 '꿈꾸는 원조 기금'을 창업한 사람이고, 300명의 가난한 젊은이들을 돌보고 있다. 그는 노인들을 위한 집도 하나 가지고 있고, 하루에 1,000명이 넘는 사람들에게 먹을 것을 준다.

그는 1970년대가 끝날 무렵에 베르골리오를 알게 되었다. 그들은 사제평의회의 의원들이었다.

"베르골리오가 마흔 살이었을 때 저는 서른세 살이었습니다. 그는 예수회의 산 미겔 관구장이었습니다. 제가 코르도바에 가게 되었을 때 그는 나에게 아주 짧은 편지를 남겨 주었습니다. 아직도 그의 작은 글씨를 잘 기억하고 있습니다. 이렇게 쓰셨지요. '토마스 신부님, 당신과 함께 일하는 것은 하나의 즐거움이었습니다. 하느님께서 당신을 축복하시기를 바라고, 교회의 선을 위하여 계속 함께 일하게 되기를 바랍니다. 저를 위해서 기도해 주십시오.'"

'저를 위하여 기도해 주십시오.'라고 쓰셨다고요? 교황으로 선출되었을 때의 첫마디 말씀 같군요!

"정확히 그렇습니다. 그는 항상 그 말을 했습니다. 그의 스타일이지요. 바오로 6세께서도 항상 자신을 위하여 기도해 주기를 청하셨다고 제게 기억시켜 주셨습니다. 한 해가 끝날 때마다 그는 말하곤 했어요. '축하를 하지 말고, 심판의 시간에 하느님이 정의로우시도록 저를 위해 기도해 주십시오.'라고."

그 편지를 아직도 가지고 계십니까?

"아, 아니요! 그 편지를 보관하지 않았어요. 그분이 교황님이 되시리라고는 생각하지 못했으니까요. 비록 그에게 어떤 뛰어난 자질이 있기는 하였으나, 저는 그가 다른 신부들과 별반 다르지 않은 신부라고 생각했습니다. 한마디 더 하자면, 그가 어느 날 교황이 되리라고는 전혀 생각하지 못했습니다. 왠지 아십니까? 아무도 베르골리오의 진짜 생각을 안 사람이 없었기 때문이지요. 우리가 가지는 모임이 있을 때 그는 별로 말이 없었습니다. 자기 생각을 개진하는 뛰어난 언변을 지닌 사람은 아니었습니다. 그는 항상 말이 별로 없는 온화한 분이셨습니다."

그런 모임에서는 대개 무엇에 대하여 말씀하셨나요?

"모든 것에 대하여. 본당 신부 개개인의 특수한 문제부터 아르헨티나 교회의 전반적인 문제에 이르기까지 모든 것에 대하여 이야기했습니다. 그러나 요즈음 신문들이 아주 사악한 거짓말을 끄집어내고 있습니다만, 모든 사람들이 당신에게 말해 줄 수 있을 겁니다. 그가 한 번도 군대에 대하여 좋게 말하는 것을 들은 적이 없다고. 저는 그 자리에 있었으니까 당신에게 장담할 수 있습니다. 요즈음 신문들이 말하는 것은 모두 거짓이라고요.”

그렇다면 베르골리오는 어떤 타입의 사람이고, 예수회의 관구장으로서 어떤 관구장으로 기억하고 계십니까?

“그는 밤에 도시를 돌아다니기를 좋아했습니다. 이것은 제가 잘 기억하고 있습니다. 도시의 가장 야수적인 차원이 드러나는 때는 밤이니까요. 그는 설교로써만이 아니라, 참으로 이상적으로, 또한 구체적으로 가난한 사람들의 상황 속에, 그들 매일매일의 삶 속에 항상 가까이 가는 사람이었습니다. 이 모든 것은 예수회 관구장의 정책 속에 반영될 수 없었다는 건 분명한 일입니다. 베르골리오는 매우 엄격한 관구장이었습니다. 이 때문에 예수회원들 사이에는 그가 부에노스아이레스에서 멀리 떠나 버리기를 원한 사람도 있었습니다. 실제로 그는 멀리 떠나게 되었습니다. 그를 코르도바로 보냈지요. 그 이유 중의 하나는 살바도레 예수회 대학에서 일어난 일 때문이었다고 저는 생각합니다. 부에노스아이레스에 소재하는 그 대학은 설립 때부터 예수회의 것이었습니다. 그러나 1975년 3월에 예수회는 그 대학 운영을 평신도 그룹에게 맡겼고, 베르골리오는 이 선택에 찬성했습니다. 그러나 이 일은 대학 운영권이 자기네 손에 남아 있기를 원하던 많은 예수회원들이 좋아하지 않았습니다. 베르골리오는 예수회원들이 좀 더 청빈에 투신하기를 원했었지만, 많은 회원들은 현저하게 반대 의견을 가지고 있었던 것입니다. 오늘날 베르골리오가 예수회원이라는 걸 많이 말하고 있습니다만, 나는 당신에게 한 가지 사실을 말할 수 있습니다. 나는 그가 '나는 예수회원입니다.'라고 말하는 걸 한 번도 들어 본 적이 없습니다."

한마디로 가난한 이들을 위한 그의 노력은 매우 오래전부터 시작되었다는 것이다.

"아십니까? 어느 날, 그가 이미 추기경이 되었을 때 저에게 한 말입니다. '만일 나의 어머니와 자네 어머니가 오늘 부활한다면, 나는 그들이 품위가 떨어진 교회의 모습을 보지 않도록 그들을 도로 땅속으로 보내 달라고 주님께 간청하겠네.' 그는 참으로 겸손한 교회, 가난한 이들에게 가까운 교회가 되어야 한다는 신념을 가지고 있었습니다. 그의 생각은 단지 말에 그치는 것이 아니라 그의 삶의 스타일이었습니다. 전화를 할 때면, 그는 늘 이렇게 말했어요. '토마스, 나 베르골리오일세!' 그러면, 나는 '베르골리오 추기경님이요?'라고 대답했습니다. 마치 농담을 하는 것 같았습니다. 그는 자기 이름 앞에 절대로 추기경이라는 호칭을 붙이지 않고, 단순히 '베르골리오입니다.'라고 했습니다. 의복에서도 허식이나 장식이 필요하지 않은 사람이었고, 있는 그대로 보여 주었습니다.

그러나 저는 어떤 두려움이 있습니다. 우리 모두 이 교황님을, 예수님이 예루살렘에 입성하실 때 군중들이 기쁨의 환성을 지르고 '호산나'를 외치며 그분을 영접한 것처럼 맞이했습니다. 그러고 나서 가장 어려운 순간에, 곧 그분이 십자가에 매달려 있을 때는 곁에 아무도 없었습니다."

하나의 예언인가요?

"제가 틀리기를 바랍니다."

토마스 로렌테 신부

프란치스코 교황이 선출된 후의
주일 미사가 집전되는 동안 주교좌성당 앞에서
무릎을 꿇고 있는 여성

'마리아의 벗(Compania de Maria)' 학교의 학생들

교황 직무 시작 미사 생중계를 따라가고 있는 여성들

바티칸 시국의 국기를 들고 있는 한 가족

"프란치스코, 당신을 위하여 기도합니다."라고
쓰여 있는 풍선을 들고 있는 여성

베르골리오에 대해 깊이 인상에 남으신 또 다른 점은 무엇입니까?

"내가 절대로 잊을 수 없는 것은 그의 출신 가문입니다. 철도원의 아들이지요. 우리 사제들의 가장 큰 죄를 고백해야 한다면, 그것은 바로 우리 출발점의 사회적 조건을 잊어버리려는 경향이 있다는 것입니다. 그런데 그는 지극히 단순한 마음을 지니고 있었고, 지금도 그렇습니다. 그의 말이 또 하나 기억납니다. '우리는 양들과 똑같은 냄새를 지니고 있어야 합니다.' 이 말은 농부들이 쓰는 말이지요. 그가 말하고자 하는 바는 목자는 자기 양 떼, 그리스도인들의 냄새가 그에게 달라붙어 있을 정도로 그들과 매우 가까이 지내야 한다는 뜻이지요."

귀하의 인상에 가장 강하게 남은 그의 행동이나 말은 어떤 것입니까?

"두말할 것도 없이 2004년 12월 30일, 크로마뇽 디스코텍 화재 사건 후에 하신 강론입니다. 그때 부에노스아이레스의 발바

네라 지역에서 194명이 질식사를 당했습니다. 아르헨티나로서는 그야말로 거대한 비극이었지요. 그때 베르골리오는 미사 강론 때, 예수님을 성전에 봉헌한 사건에 대하여 말씀하셨습니다."

"한 가족이, 아빠, 엄마, 아기가 하느님께 아기를 바치려고 성전에 왔습니다. 이 행위 뒤에는 얼마나 많은 계획과 얼마나 많은 환상이 있었는지요! 아버지와 어머니의 환상. 아기를 팔에 안고 있는 어머니의 마음속에 있는 환상들. 성모님도 똑같이 이런 환상을 지니고 성전에 왔습니다. 종교 예식을 다 치른 후에 시메온은, '당신의 영혼이 칼에 찔릴 것입니다.'라고 말했습니다. 보십시오, 어머니가 꿈꾼 얼마나 많은 환상들이 사라져 버렸는지요. 그 어머니는 그 아기의 인생에 비극의 상처가 생기리라는 걸 깨달았습니다. 이것이 바로 그날 성모 마리아의 마음 상태였습니다. 이 모든 것을 한 어머니의 마음이 받아들여야 했습니다. 그 어머니의 마음은 그 모든 선언을 듣고 극심한 통증을 느꼈습니다. 그 비극의 후기는 바로 십자가 밑에 서 있는 마리아의 마음입니다."

"베르골리오는 이어서 말했습니다.

'여러분 엄마들의 마음만이 이에 대하여, 하나의 비극에 대하여 이해할 수 있고 또한 말할 수 있습니다. 오늘 환상으로 가득

차 성전에 갔다가 그러한 환상들은 배반당할 것이라는 확신을 가지고 돌아온 그 어머니의 마음속으로 들어가서, 이 도시의 자녀들을 기억합시다.'"

그걸 외울 정도로 기억하신다면 그다음은요?

"이 강론을 듣고 나서 저는 그에게 전화를 했습니다. 칭송의 말을 해 드리고 싶어서였지요. 그런데 그가 제게 뭐라고 하셨는지 아십니까? '토마스, 사실대로 말하면, 나는 아무것도 준비해 가지 않았다네. 내 앞에 종이 한 장을 놓고 있었지만 그 위에는 아무것도 쓰여 있지 않았어.' 그는 즉흥 연설을 한 것입니다."

프란치스코 교황의 교회는 어떤 교회가 될까요?

"가난한 이들의 교회가 되겠지요. 그러나 부자의 교회이기도 할 것입니다. 왜냐하면 부자들은 주어야 할 의무가 있으니까요. 부자들은, 그리스도인으로서, 가난한 이들에게 줌으로써 자신들의 의무를 이행합니다. 그러므로 베르골리오의 교회는 모든 사람에게 개방된 교회, 모든 사람이 들어올 수 있는 교회, 배타성이 없는 교회가 될 것입니다. 그곳에는 한쪽에는 힘 있는 자, 다른 한쪽에는 가난한 자가 있을 수 없습니다. 형제들에게 열린 마음, 용서하는 노력, 이것이 베르골리오의 메시지입니다. 물론 용서하는 것은 무척 어렵습니다. 그러나 어렵기 때문에 용서는 그리스도교적인 행위인 것입니다. 용서는 우리들을 더 나은 사람으로 만들어 주기 때문입니다."

밤새 고해 성사를 주는 겸손

나는 호세 클레멘테 파즈라는 도시에 와 있다. 이 도시는 부에 노스아이레스에서 30킬로미터 떨어져 있으며 산 미겔 교구 소속 이다.

호세 루이스 신부는 성가정 수도회 선교사로 현재 산호세 오 브레로 본당 부주임이다. 그는 바로 이곳 산 미겔에서 1967년과 1968년 사이에 호르헤 마리오 베르골리오를 알게 되었다. 그는 지금 69세이며, 그의 할아버지 할머니는 이탈리아 베네토 사람 이다. 그의 성 '벤드라민'은 베네치아에서 기원한다. 호세 루이스

호세 루이스 벤드라민 신부

신부는 볼리비아와, 파라과이와 접경하고 있는 아르헨티나의 북동쪽에서 활동하였다. 또한 그는 로마의 안젤리쿰에서 4년간 신학을 공부하기도 했다.

"저는 1944년 12월 15일에, 베르골리오 교황은 1936년 12월 17일에 부에노스아이레스에서 태어났습니다. 우리는 같은 해에 사제품을 받았습니다. 저는 1969년 4월 13일에, 그는 12월 13일에 받았습니다. 제 기억력이 그다지 좋은 건 아니지만, 나는 요 며칠 동안 많은 신문을 읽었습니다."라고 미소 지으며 정확하게 말했다. 그리고 계속해서 말했다.

"나와 베르골리오는 산 미겔의 막시모 대학에서, 부에노스아이레스의 살바도르 대학교의 일부인 예수회의 철학과와 신학과에서 함께 공부했습니다. 제가 나이가 더 어렸음에도 불구하고 나는 신학과 3학년이었고 그는 2학년이었습니다. 예수회 회원들은 공부와 실습을 번갈아 했기 때문입니다. 우리는 모두 50여 명이었는데, 서로를 다 잘 알고 지냈습니다. 그러나 예수회원들은 일반적으로 자기들끼리 모임을 갖곤 했습니다. 그들은 그룹 중에서 수재들로 간주되고 있었습니다."

베르골리오에 대하여 기억나는 것은 어떤 것입니까?

"그는 두뇌가 매우 명석하였고, 중용의 덕을 지닌 사람이라는 명성을 갖고 있었습니다. 중재 능력도 있었습니다. 우리가 마지막으로 만난 것은 작년에, 부에노스아이레스에 소재한 가톨릭대학에서였습니다. 나는 그곳에 도시 사목에 관한 강의를 하러 갔었습니다. 그는 이미 추기경인데도 산 미겔 대학생 시절처럼 아주 간단한 복장을 하고 있었습니다. 바지와 검정 수단을 입고 주교 십자가를 목에 걸고 있었습니다."

군사 독재 시절에 베르골리오가 숙소를 제공했던 라 리오하 교구의 두 사제들에 대하여 이야기해 주십시오. 일이 어떻게 전개되었었나요?

"베르골리오는 그 당시 예수회의 아르헨티나 관구장이었습니다. 매우 중요한 직무였지요. 엔리끄 마르티네즈 신부와 미겔 씨

비타 신부, 이 두 사제는 그곳 막시모 대학에 있었습니다. 세 번째 또 한 사람이 있었는데, 지금 그 이름이 생각나지 않는군요. 베르골리오는 그들을 보호하기 위해서, 말하자면 그들을 숨겨 주기 위해서 그 일을 한 것입니다. 독재를 증오하는 라 리오하의 주교, 엔리크 앙헬레지는 억압당하는 자들을 위한 사회 운동에 투신하고 있었으므로 박해를 받고 있었습니다. 그는 당시 신학생 두 사람을 선발하여 부에노스아이레스로 공부하러 보냈는데, 제 추측으로는, 군사 독재가 시작된 지 몇 달 후에 주교가 살해당한 것을 보면, 무엇보다도 그들을 보호하기 위해서였을 것입니다. 앙헬레지는 군인들에게 체포당하리라는 걸 알고 있었습니다. 1976년 8월 4일, 그가 미사를 드리고 나서 아르투로 핀토 신부와 함께 돌아오는 길에 차를 운전하고 있었는데, 세 명의 군인이 탄 차량이 길을 막았고, 그들이 타고 있는 피앗(Fiat) 125호는 뒤집혔습니다. 공식적인 설명은, 말할 것도 없이, 교통사고로 처리되었습니다만, 사실, 실제로 어떻게 진행되었는지는 모든 사람이 다 알고 있습니다. 만일 그 신부들이 라 리오하에 남아 있었더라면 그들 역시 목숨을 잃었으리라는 건 명약관화한 일이었습니다. 산 미겔에 위치한 막시모 대학의 예수회의 담 벽이 어떤 방법으로든 그들을 보호해 준 것은 사실입니다. 그러나 베르골리오는 몇 명의 일반인을 포함하여 다른 많은 사람에게도 숙소를 제공했습니다. 그는 그들에게 '이곳으로 오십시오. 산 미겔로 피정을 하러 오십시오.'라고 말했던 것입니다. 그들을 큰 기숙학교에 맞아들였고, 그래서 그 기숙학교는 최상의 피난처의 상징이 되었습니다."

그 두 신학생을 개인적으로 알고 계셨나요?

"예, 그때 저 역시 그 두 신학생들처럼 베르골리오와 함께 산 미겔 대학에 있었습니다. 그때 우리가 살던 그 역사적인 시기는 정말로 어려운 때였습니다. 아르헨티나 사람이 아니면 이에 대한 개념을 가질 수가 없습니다. 사제들은 자유가 존재하지 않는 시대에 자유에 대하여 말하는 소수인들 중에 하나였기 때문에 참으로 대단히 위험했습니다. 저 역시 세 명의 신학생들을 데리고 있었습니다. 저는 그들에게 조심하라고 당부했고, 특히 학교 근처에 있는 군인들이 망을 보고 있을 때는 더욱 조심하라고 했습니다."

예수회원들은 베르골리오를 어떻게 보았습니까?

"베르골리오가 관구장으로 선출되었을 때 회원들 사이에는 모두 의견이 일치되지는 않았습니다. 찬성한 사람들이 더 많았고, 그렇지 않은 사람들은 더 적었습니다. 예를 들면 그는 교리에 대하여 매우 엄격한 노선을 견지했다고 말하는 사람들이 있었습니다. 저는 군사 독재하에서 목숨을 건지는 것을 거부한 몇몇 예수회원들을 알고 있습니다. 비록 베르골리오가 그들에게 그 반대로 행동하라고 제안했는데, 베르골리오의 제안은 건전한 상식에서 나온 것이었습니다. 그의 의견을 따르지 않은 몇몇 사람들은 체포되어 몇 달 동안 고문을 당했습니다. 지금도 베르골리오가 군대와 모종의 관계를 가지고 있었다고 주장하면서 그를 비판하는 사람들이 있습니다. 그러나 저도 여러 군인들을 알고 있습니다. 산 미겔에는 군인들이 많았으므로 그들 중에 어떤 지인이나, 친구들이 끼어 있지 않기는 불가능한 일이었습니다. 그러나 이것이 아무 의미도 없다는 것은 아닙니다. 왜냐하면 우리 사제들은 모든 사람들과 관계를 맺어야 하니까요. 그러나 저는 그 당시 많은 예수회원 친구들을 가지고 있었고, 우리가 주고받은 대화를 잘 기억하고 있습니다. 심지어 예수회원들 자신이 베르골리오가 군대와 연결되어 있다는 소문을 퍼뜨리기도 했습니다. 예수회 안에 심각하게 내분을 일으키는 사람이 한 사람 있었습니다만, 베르골리오 편에 있는 사람들 중에서도 그를 존경하는 사람이 있었다고 말할 수밖에 없습니다. 베르골리오를 잘 알고 있던 예수회원 친구가 나에게 항상 했던 말이 기억납니다. "베르골리오는 말할 때 자기가 생각하는 바를 정확히 말하고, 그 말을 두려움 없이 한다."는 것입니다. 나는 또 다른 예수회원을 알게 되었습니다. 그는 스트로에쓰너 독재 시대에 추방당하기 전에 파라과이에서 활동했던 사람인데, 그는 베르골리오가 일을 많이 하는 사람이라고 하면서 그를 매우 좋게 말하고 있었습니다."

베르골리오 추기경에 대하여 당신께 가장 인상 깊게 남은 것은 무엇입니까?

"세례 성사에 관한 그의 강론들이 생각납니다. 특히 미혼모의 자녀들에게 세례 주는 것을 반대하는 신부들에 대하여 말할 때 그러합니다. 베르골리오는 항상 조용조용히 말합니다. 그는 이렇

바티칸 시국과 연결되기 전과 연결되어 있는 동안에 마요 광장에 모인 신자들

게 침착하게 강론을 시작합니다만, 무언가 중요한 것을 말하고자 할 때에는 목소리를 높이고 모든 사람들이 잘 알아들을 수 있도록 단어 하나하나를 또박또박 발음하면서 말합니다.

저에게 인상 깊게 남은 것 또 한 가지는 이것입니다. 저는 그의 옆에 비서가 함께 있는 것을 한 번도 본 적이 없습니다. 그는 단순한 신부처럼 항상 혼자 다녔습니다. 젊은이들의 순례를 위하여 루한 교회에 갔을 때가 기억납니다. 2006년이었습니다. 그는 새벽 4시까지 밤새도록 고해 성사를 주었습니다. 그리고 7시에 미사를 집전하였습니다. 저도 거기 있었고, 그도 있었으며, 다른 신부들도 있었습니다. 우리는 두 시간, 또는 세 시간 동안 고해 성사를 준 다음에 함께 커피를 마시러 갔습니다. 그러고 나서 다시 고해 성사를 주러 갔습니다. 이렇게 밤새도록 고해 성사를 주었습니다. 나는 지쳤지만 그는 계속했습니다. 그는 이미 추기경이었지만 아무도 그가 추기경이라고는 상상도 못 했습니다. 왜냐하면 그는 늘 보통 신부들처럼 고해 성사를 주러 다녔기 때문입니다. 어떤 겸손인지 이해하십니까?"

그에 대하여 기억나는 또 다른 것은 없나요?

"제 성은 벤드라민(Vendramin)입니다. 이곳 아르헨티나에 베나드릴(Benadryl)이라 부르는 약품이 있습니다. 베르골리오는 이를 나와 관련시키면서 '이 사람은 약품 맛이 나는 성을 가진 신부입니다.'라고 말했습니다. 그러고는 나를 베나드릴이라고 부르곤 했습니다. 한번은 우리가 루한에 갔을 때, 그곳 주교님 앞에서 나를 그렇게 불렀습니다. 일 년 후에 저는 그 주교님을 다시 만나게 되었습니다. 주교님은 미사 중에, 몇몇 사람에게 공적으로 감사를 드리기 위하여 그들의 이름을 거명하게 되었는데, 그는 저를 베나드릴이라고 불렀습니다. 미사가 끝난 후에 저는 그에게 다가가서 제 성은 베나드릴이 아니고, 벤드라민이라고 설명을 드렸습니다. 그는, '아 죄송합니다, 신부님. 추기경님이 베나드릴이라고 부르시는 것을 들었고, 추기경님이 그렇게 부르셨다면…….'

베르골리오는 늘 굉장한 유머 감각을 지니고 계신 분입니다."

베르골리오의 계승자
폴리 대주교

프란치스코 교황이 최초로 한 주교 임명은 3월 28일에 부에노스아이레스의 아르헨티나 대교구를 이끌 자신의 후임자에 관한 것이었다.

마리오 아우렐리오 폴리는 65세다. 그는 2008년 6월 24일에 산타 로사 교구의 주교로 임명되었다. 이곳은 부에노스아이레스에서 70킬로미터 떨어져 있고, 10만 명의 주민이 살고 있는 곳이다. 그 이전 2002년부터 2008년까지는 부에노스아이레스 대교구의 부주교로서 호르헤 마리오 베르골리오 추기경을 보좌하고 있었다.

마요 광장의 주교좌성당 안에는 수많은 본당 주임 사제들이 제단을 둘러싸고 있었다. 성목요일이다. 교구의 모든 사제들이 자기네 주교 주위에 모이는 날이다. 교황은 바로 이날에, 자신의 대교구 사제들을 주교 없이 내버려 둘 수는 없다고 느낀 것 같다.

마리오 아우렐리오 폴리 주교는 자신의 대교구 사목직 봉사를 4월 20일에 시작할 것이다. 부에노스아이레스 대교구의 총대리 호아킨 수쿤자 주교는 베르골리오가 콘클라베에 참석하기 위해 로마로 출발하기 전에 써 놓았던 강론을 대독하였다. 미래의 교황은 사제들에게 자신들 안에 갇혀 있거나 자신들의 개인적인 안전에만 안주하지 말고, 가난하고 고통당하는 사람들을 도와주기 위하여 거리로 나가라고 권고하고 있었다.

폴리는 1900년부터 1923년까지 이 수도의 목자였던 마리아노 안토니오 데 스피노자의 서거 이후 90년 만에, 동 교구 출신 사제들 중에서 선택된 부에노스아이레스의 첫 대주교이다.

팔레르모 지구의 라몬 신부가 주위를 둘러보고 나서 다른 신부들을 가리키며, '그분은 우리 대부분을 양성한 사람입니다.'라고 내게 말했다.

"그분은 우리 신학교 학장이셨습니다. 대단히 단순하고 겸손하신 분이시며, 탁월한 목자이십니다. 여기 있는 우리들 모두 대만족입니다. 당신도 그를 보게 될 겁니다! 우리는 그분을 잘 압니다. 부에노스아이레스 사람이니까요. 그 역시 베르골리오 스타일입니다. 5년간 산타 로사 교구장직을 수행하는 동안, 항상 단순하고 소박한 프로필을 유지하시면서 그 무엇보다도 사목활동에 진력盡力하셨습니다. 두드러지는 문제들, 예를 들면 가정수호, 남녀 사이의 혼인 수호에 대하여 매우 엄격하고 강한 노선을 견지하셨습니다. 그리고 작년에는 87세 생일을 맞는 전직 독재자에게 공적인 축하 행사를 한 사제를 격렬하게 비판하셨습니다."

비자 31번가 본당 주임 굴리엘모 신부는 말한다.

"베르골리오의 후임자로서는 정말 탁월한 선택입니다. 완벽하게 전임자를 계속하는 선택이지요. 몇 년 전에 폴리가 루한 성모상을 철거하려고 한 산타 로사 시장의 결정에 반대하는 것을 보았을 때 우리는 매우 기분이 좋았던 기억이 납니다. 그는 강직한 성격의 소유자이십니다."

레콜레타 지구의 파비안 신부는 폴리 주교를 "매우 종교적인 인물, 피곤을 모르는 위대한 일꾼"이라고 묘사했다.

"우리 사제들을 끔찍이 보살펴 주셨고, 항상 곁을 지켜 주셨습니다. 우리들 중 어떤 사람이 문제가 생기면 항상 도와주셨고, 특히 크나큰 영적 도움을 주셨습니다."

미겔 신부가 이야기한다.

"우리는 베르골리오도 다니던 같은 신학교 친구들이었습니다. 폴리가 루한 성모님과 산호세의 동정 성모님께 대한 신심이 매우 깊었다고 알고 있습니다. 그는 또한 스카우트 단장이었고, 아르헨티나 전국 스카우트 운동 지도 신부였습니다."

마르타는 전문 상담소에서 일하고 있고, 부에노스아이레스 대교구를 매우 잘 아는 사람이다. 그녀는 매우 기뻐하며 말했다.

"신임 대주교의 임명 소식을 듣고 저는 매우 기뻤습니다. 그는 신학 박사이지만, 특히 가난한 이들을 위한 영성을 지니고 있습니다. 베르골리오에 익숙해진 우리는 이보다 더 좋은 사람을 기대할 수 없습니다. 그럼에도 불구하고 우리는 그가 임명되리라고는 전혀 기대하지 않았었습니다. 이건 정말 하나의 깜짝 선물입니다. 사람들은 그보다는 아르헨티나 주교회의 의장이신 호세 마리아 아란쎄도 주교를 이야기했었습니다. 그러나 이는 이 순간에 우리를 인도하시는 성령께서 하신 일이지요. 이는 베르골리오를 생각하면서도 하는 말입니다."

엔리끄 에기아 쎄기 주교는 2008년부터 부에노스아이레스 대교구의 부주교이다. 성직자 양성의 전문가인 그는 단언한다.

"우리 아르헨티나 사람들은 모두 대만족입니다. 이 임명에 대하여 열정이 넘치고 있습니다. 강력한 영적 추진력을 가져올 것이고, 사람들에게 굉장한 영향력을 미칠 것입니다. 사실대로 말하자면, 아무도 베르골리오가 교황이 되리라고 생각하지 않았던 것처럼, 폴리가 교구장이 되리라고 기대하지 않았던 것도 사실입니다. 신학교에서 저에게 사제품을 주신 분이 바로 폴리 주교님이었습니다. 그는 약간의 개인적 특징이 있지만, 프란치스코 교황의 비전과 매우 근접한 교회에 대한 비전을 가지고 있습니다. 그 두 사람은 이곳 부에노스아이레스에 있는 비자 데보토 신학교에서 함께 지냈습니다. 폴리는 굉장한 학구파였고, 교부학 전문가이며, 아르헨티나 교회사를 잘 알고 있는 사람입니다."

지극히 영적인 사람

　스칸노네 신부는 81세다. 철학과 신학대학의 철학 연구소 소장이다. 프란치스코 교황도 1980~1986년간에 이 대학 총장이었다. 스칸노네 신부는 당시 호르헤 마리오 베르골리오가 사용했고, 지금은 예수회의 관구장이 사용하는 거처 내부를 나에게 보여 주었다. 베르골리오의 전형적인 스타일인 단순하고 본질적인 감각을 아직 그대로 유지하고 있는 응접실과 침실을 둘러보는 동안 그 수도자는, "이곳 비품들은 바뀐 것이 거의 아무것도 없습니다."라고 설명하였다.

후안 카를로스 스칸노네 교수(신부)

막시모 기숙학교와 철학·신학대학(산 미겔대학)은 수도에서 30킬로미터 떨어져 있고, 산 미겔 역에서 자동차로 15분 거리에 위치한다. 산 미겔 대학은 1864년에 프랑스계 아르헨티나인 아돌포 수르도에 의해서 설립되었다. 베르골리오는 성 미겔 대학에 들어가기 전에 비자 데보토에 있는 부에노스아이레스 대교구 신학교 학생으로 공부했다. 스칸노네 신부가 말한다.

"나는 그에게 그리스어와 문학을 가르쳤습니다. 요즈음 어떤 신문에서 보도하는 대로 라틴어를 가르친 것이 아닙니다. 베르골리오는 이미 학위를 가진 사람이었습니다. 신학교에 온 것은 인문학 과목들을 공부하기 위해서였지요. 그는 나의 영적 지도자가 되었고, 나의 총장, 나의 관구장이 되었으므로 우리는 깊은 관계를 가지고 있습니다."

얼마 동안이나 서로 관계를 맺고 지내셨나요?

"적어도 10년 동안이요. 나는 영적인 문제에 대하여는 늘 그의 의견을 타진했습니다. 나는 철학 교수였고 그는 사목 신학 교수였습니다. 베르골리오는 산 미겔 대학의 철학과 · 신학과와 함께 막시모 대학교와도 많은 관계를 가졌습니다."

베르골리오에 대하여 어떤 기억을 가지고 계십니까?

"그는 지극히 영적인 사람입니다. 나의 친구 주교 한 사람은, 베르골리오가 기도를 매우 많이 하는 사람이라고 말했습니다."

3월 13일, 그 운명적인 그날 이후에 그분에게서 소식을 들으셨 습니까?

"그가 나에게 메일 하나를 보냈어요. 며칠 전에 그는 어떤 예 수회 형제의 생일을 축하하느라고 그에게 전화를 하셨습니다. 그 가 교황이 되었다 하더라도 그는 항상 다정하고 우애가 깊은 사 람 그대로입니다."

산 미겔 대학에서의 그의 총장직 수행 스타일은 어떠했나요?

"영적인 식별로 다스렸습니다. 무엇보다도 먼저 그는 영적 지도자였습니다. 그는 매우 엄격하고, 손으로 하는 일에도 무척 뛰어난 사람이었습니다. 예를 들면 자동차 운전을 뛰어나게 잘했습니다. 대학 총장이 되었을 때 운전수를 없앴습니다. 대주교가 되었을 때에도 똑같이 했습니다. 추기경이 되었을 때에도 누군가 그를 방문하러 가면, 공식적인 방문이든 비공식적인 방문이든, 그는 크나큰 존경심을 가지고 늘 문간까지 배웅하셨습니다. 이런 행위는 단순하고 본능적인 행동이며, 그의 인격을 잘 반영해 주는 것입니다."

요즈음 산 미겔 대학에 대하여 말을 많이 하고 있는데, 이곳에도 독재자가 증오하는 여러 사람들을 손님으로 받아들였습니다.

"베르골리오는 제도의 위협을 받는 사람이면 누구나 그들을 보호하기 위하여 많은 일을 했습니다. 산 미겔 대학 총장이었을 때뿐만이 아닙니다. 예를 들면, 부에노스아이레스의 악명 높은 지역에서 일하고 있던 디 파올라라는 어떤 본당 신부가 있었는데, 그는 그곳에서 많은 젊은이를 마약에서 구출했습니다. 바로 이런 이유 때문에 마약 판매상들에게 위협을 당하고 있었습니다. 그때 베르골리오는 이미 추기경이었는데, 그를 보호하기 위하여 그를 먼 지방으로 보냈습니다."

추기경 베르골리오에 대하여는 무엇을 기억하십니까?

"브라질의 아파레시다는 그리스도인들에게 매우 중요한 장소입니다. 2007년에 그곳에서 제5차 남미의 모든 주교회의의 전체회의를 했습니다. 베르골리오는 회의 진행 담당자였고 최종 문서 편집위원회의 위원장이었습니다. 그가 아르헨티나 의장에게 선물한 그 문헌은 사목적인 회개에 대하여 말하고 있습니다. 그 문헌의 요점은, 사람들이 성당에 오기를 기다리기만 할 것이 아니라, 오히려 길거리와 변두리 지역으로 사람들을 찾아 나서야 한다는 것입니다. 한마디로, 수동적으로 사람들이 올 때를 기다릴 것이 아니라, 적극적으로 그들을 만나러 나가야 한다는 것입니다."

교황으로서 베르골리오의 첫 움직임은 어떤 것일까요?

"이건 말할 수 없겠습니다. 그분이 가장 좋다고 믿는 대로 그의 뜻이 움직이겠지요. 그러나 교회 내부의 개혁을 시작해야 한다면 그의 손목이 떨리지는 않을 것이라 생각합니다. 그러나 당장 그 일을 시작하지도 않을 것입니다. 그의 존재 밑바닥에는 이탈리아 피에몬테의 피가 흐르고 있으니까 매우 외교적으로 움직일 것입니다. 깊은 상처(트라우마)를 남기지 않으면서 마찰 없이 개혁할 수 있을 것입니다."

산 미겔 대학에서 함께 지내시는 동안에 기억나는 것은 무엇입니까?

"1985년, 그가 예수회 공동체와 두 대학(철학·신학)의 총장이었을 때, 그는 '문화의 복음화와 복음의 토착화'라는 주제로 국제 신학대회를 조직했었습니다. 이 대회에는 여러 사람들 중 프빠르 추기경과 라틴아메리카의 많은 주교들이 참석했었습니다. 나는 이 대회의 부회장으로 임명되었습니다. 라틴 아메리카 교회의 토착화를 위해 바쳐진 최초의 행사였다고 믿습니다. 문화의 복음화와 신앙의 토착화는, 프란치스코 교황이 가장 크게 염려하신 것

산 미겔 대학의 내부 중앙 계단

산 미겔 철학 · 신학대학 입구

산 미겔 대학 입구의 성 요셉 상

베르골리오가 대학 총장일 때 사용하던 응접실과 책상 그리고 침대

중의 하나라고 생각합니다. 라틴 아메리카의 가톨릭 신앙은 복음이 우리 대중문화에 육화된 결과입니다. 절대적이라고 할 수는 없겠지만, 우선적으로 가난한 사람들과 단순한 사람들과 관련된 신앙입니다."

베르골리오가 교황으로 선출되었을 때, 많은 사람이 그가 진보주의자인가, 보수주의자인가 질문했습니다. 그러나 무엇보다 먼저 그가 남미 출신이니까 오늘날, 많은 사람이 베르골리오와 해방 신학과의 관계가 어떠한가를 묻고 있습니다.

"당시 남미 주교회의(CELAM)의 사무총장이었고, 후에 추기경이 된 까라치노 주교가 해방 신학에 대한 가르침(Libertatis nuntius, 1984)에 관한 첫 강의를 했을 때, 그는 왜 '해방 신학들'이라고 복수로 말하는지를 설명하면서, 제가 1982년에 스페인어로 출판한 논문*에서 구분한 네 가지 조류를 슬며시 언급하셨습니다.

---

* 이탈리아어로는, 〈K. Neufeld, Problemi e prospettive di teologia dogmatica(교의신학의 문제와 전망), Brescia, Queriniana, 1983〉 안에 들어 있다.

이 조류들 가운데 하나는 신학자 루치오 제라가 이끄는 주교 위원회가 발전시킨 아르헨티나 민중 신학입니다. 해방 신학을 반대하는 사람들이나 이를 중상 모략하는 사람들은, 다른 사람들이 이를 구분한다 하더라도, 이 신학을 모두 같은 조류로 간주합니다. 이 신학에서는, '민중(popolo)'이라는 개념을, 공유하는 하나의 문화, 하나의 역사, 하나의 프로젝트를 가진 사람들, 불의와 압박으로부터 해방의 주체가 되는 사람들을 가리키는데 사용하므로, 계급 투쟁에서의 사회적 계급을 말하는 것이 아닙니다. 남미에서 민중이란, 가난하고 소외된 사람들, 공통의 문화를 더 잘 보존하고 있는 사람들을 말하며, 그들의 정당한 이해관계가 공동선의 본질적인 부분을 이루고 있습니다. 민중들의 복음화에 매우 큰 중요성을 부여하고 있고, 대중 신심과 남미 영성은 복음이 우리 문화(들)에 토착화한 결과물이라고 보고 있습니다.

이 신학은 나중에 주교들과 피로니오 추기경을 통하여(1974년 시노드) 교황 바오로 6세의 회칙,《복음 선포(EN)》(1975)에 영향을 주었을 것이라고 생각합니다. 이 회칙은 문화의 복음화에 각별한 중요성을 부여할 뿐만 아니라, 제2차 바티칸 공의회가 아르헨티나의 민중신학과 민중사목에 대하여 말하면서도 대중 신심과 종교 신심은 다루지 않았었는데, 바로 이 주제를 소개하고 있습니다. 이 회칙은 역사적 상황을 해석함에 있어서, 사회 구조적인 분석보다는 신앙의 빛에 비추어 사회 문화적 분석을 선호하고 있습니다. 사회 구조적 해석을 아주 버린 것은 아니라 하더라도, 마르크스주의 방식을 사용하지는 않았습니다.

나중에 프에블라에서 나온 문헌의 기본적인 두 부분, '문화의 복음화'(Lucio Gera)와 '민중 신심'(칠레의 Joaquin Alliende)을 발전시키는데 도움을 준 사람들은 이 조류의 신학자들이었습니다. 이 문헌에서든, 아르헨티나의 해방 신학 조류에서든, 그들이 가난한 사람들과, 사회적 구조도 들어가 있는 문화의 복음화를 우선적으로 선택한다는 점에서 깊이 일치하고 있습니다. 남미에서 맺은 결실 중의 하나는 라틴 아메리카 백성들의 가톨릭 신앙입니다.

베르골리오는 신학자가 아니고 사목자입니다. 그의 봉사직은 아르헨티나의 이러한 신학적 배경을 먼저 이해하지 않고서는 완전히 이해될 수 없을 것이라고 생각합니다. 왜냐하면 여기에서 가난한 이들과 소외된 이들을 위한 선택, 민중 신심 사목에 대한 이해가 수반되기 때문입니다. 그가 '신자 백성'(popolo di fedeli)이라는 카테고리를 반복하여 사용하는데, 그것은 교회에 관한 교의 헌장《인류의 빛》의 '하느님의 백성'과 동일 선상에 있는 것입니다. 여기에서부터 아르헨티나 백성(과 라틴아메리카 백성들)을 위한 사회 · 정치 · 경제 등의 발전을 위한 그의 사목적 염려가 나오는 것입니다.

베르골리오는 각 백성들을 지역 범위로서가 아니라, 다면체로, 대륙적이며 지구촌적인 관계로, 전체적으로 이해합니다. 왜냐하면 다면체는 그 각 부분의 총합 그 이상이며, 이들 각자를 변증법적으로 복속시키지 않고 긴장 관계를 유지하면서 그 특수성을 존중합니다. 이런 면에서 그는 헤겔이나 마르크스가 아니라, 그 정반대 입장인 로마노 과르디니를 따르고 있는 것입니다. 제 생각에, 이는 베르골리오와 페론주의와의 관계도 설명해 준다고 봅니다. 즉 페론이 '백성'이라는 카테고리를 귀중히 여긴 결과, 마르크스주의자가 아닌 해방 신학의 탄생에 필요한 정치 문화적인 전통, 또는, 비판적인 형태이기는 하지만 마르크스주의자가 되지 않으면서 계급 투쟁과 같은 마르크스주의적 카테고리를 이용하는 또 다른 해방 신학이 탄생할 수 있는 문화적 · 정치적 분위기를 조성했다는 점에서 그렇습니다. 그러나 그럼에도 불구하고. 이는 교회의 사회 교리 입장에 의하면, 노동에 대한 자본의 주도

권에 대한 비판이며, 경제적 신자유주의에 대한 비판인 것입니다. 가난한 이들을 위한 선택이란 곧 노동자, 착취당한 자, 헐벗은 자들을 위한 선택입니다. 그러나 이는 부분적인 정책을 말하는 것이 아니라, 오히려 역사적 문화적인 입장을 말합니다. 라틴 아메리카에 뿌리 내린 사목적, 복음적 입장도 마찬가지입니다.

당신은 먼저 베르골리오가 진보주의자인가, 보수주의자인가를 물었습니다. 좋습니다. 내가 여기까지 설명한 바는 '진보주의자' 또는 '보수주의자'라는 유럽식의 카테고리는 이 맥락 안에 들어가지 않는다는 것을 이해시키기 위해서였습니다. 그러나 명백한 것은, 베르골리오는 당연히 바티칸 공의회 이후의 사람이고, 역사는 전통과 창의적인 지속성 안에서 항상 새로워진다는 사실에 열려 있는 사람이라는 것입니다. 그리고 그는 특별히 가난한 이들과 소외된 이들에 대한 강력한 사회의식을 가지고 있고, 복음과 그리스도교의 사회 교리에 충실하면서 확실하게 불의한 가난의 구조적인 원인에 대항하여 싸우고 있습니다."

베르골리오가 예수회의 아르헨티나 관구장이었을 때, 예수회의 총장은 베드로 아루페였습니다. 아루페는 30세가 조금 넘었을 때 일본 선교사로 갔고, 자신의 경험에 관한 책들까지 저술하였습니다. 베르골리오도 일본 선교를 가고 싶어 했다는 것은 잘 알려진 사실입니다. 1974년에 아루페 신부는 제32차 총회를 소집하였고 총회 최종 문헌에서 이렇게 선언하고 있습니다. "예수회는 자신의 청빈 실천을 바꾸지 않는 한, 우리 시대의 매우 긴급한 사도직에 응답할 수 없다." 또한 "예수회원들은 가난한 사람들의 비참함과 어려움에 대한 개인적이며 직접적인 경험을 쌓지 않고서는 '가난한 이들의 외침'을 들을 수 없다."고. 이는 마치 프란치스코 교황이 한 말 같습니다. 아루페의 인격이 베르골리오에게 얼마나 많은 영향을 끼쳤습니까?

"베르골리오는 관구장으로서 아르페 총장의 지침을 따랐습니다. 그리고 그 두 사람 사이에 매우 일치하는 점이 있었습니다. 저는 베르골리오가 그 총회에 참석했으리라 믿습니다만, 그 외의 것에 대하여는 아는 바가 없습니다."

요즈음 프란치스코 교황의 삶에 대하여 많이들 읽고 있습니다. 몇 가지 일화를 덧붙여 주실 수 있겠습니까?

"베르골리오는 여러 가지 일을 동시에 할 수 있는 능력이 있습니다. 이곳 아르헨티나에는 이런 특별한 타입의 사람을 묘사하기 위한 어휘가 하나 있는데, '오케스트라 맨(orchestra-man)'이라고 하지요. 피아노를 치면서 동시에 트롬본을 불고, 또 바이올린을 연주할 수 있는 사람이라는 뜻입니다. 한번은 그가 타자기로 논문을 하나 쓰고는, 빨래를 하러 갔다가 금방 조언을 주기 위해서 어떤 사람을 만나고 있던 걸 기억합니다. 지성적인 일, 손으로 하는 일, 영적인 일을 동시에 하는데, 그 모든 일이 매우 질 높은 것이라는 사실입니다. 이는 누구나 다 가진 재능이 아닙니다. 예를 들면 그는 요리도 매우 잘합니다. 그가 좋아하는 요리 중 하나는 속을 가득 채운 돼지고기 요리입니다. 바로 이곳 산 미겔 대학에서도 그는 그 요리를 하곤 했습니다."

프란치스코 교황의 수많은 지인들은 그의 이타주의를 강조합니다.

"어느 날, 플라타 바다에 갔던 한 사제가 병이 나서 그곳에 남을 수밖에 없게 되었습니다. 그래서 그때 이미 부주교였던 베르

155

미겔 대학 안마당

프란치스코 교황이 후안
카를로스 스칸노네 교수
신부에게 보낸 이메일

Outlook - jescannone@hotmail.com

Nuevo   Responder   Eliminar   Archivar   Correo n

Buscar en correo ele

Carpetas

Entrada 37

Correo no deseado 87

Borradores 7

Enviados

Eliminados 21

a

entrada

to

ul

Nueva carpeta

Vistas rápidas

Documentos 32

Fotos 2

Marcados

R: FW: Texto definitivo del
documento para los Señores
Cardenales

Sezione Affari Generali Segreteria di Stato nore
Para: jcscannone@hotmail.com

Querido Juan Carlos:

鞔鞔鞔鞔鞔鞔鞔Me ha alegrado mucho recibir tu
mensaje. Me lo trajeron desde Buenos Aires. El Se鞔r
te retribuya la delicadeza que has tenido conmigo. Te
pongo en la manos de Nuestra Se鞔ra de Luj鞔. Por
favor, te pido que reces y hagas rezar por m? pues
ahora lo necesito m鞔 que nunca. Que Jes鞔 te bendiga
y?st1:personname productId="la Virgen Santa"
w:st="on">la Virgen鞔anta鞔e cuide.

Muy cordialmente,

Francisco

골리오는 그의 곁을 지키려고 당장 400킬로미터를 달려갔습니다. 그를 혼자 내버려 두지 않기 위해서였지요. 이해되십니까? 그는 그냥 단순한 본당 신부가 아니라, 이미 부주교였습니다. 또 다른 일화가 있어요. 어느 날 저는 베르골리오의 전임자인 부에노스아이레스 대교구장 까라치노 추기경에게 갔습니다. 어떤 프로젝트를 위한 청원서에 서명을 받기 위해서 내 친구 신부와 함께 갔었지요. 추기경은 서명을 하고 나서 신뢰에 찬 눈빛으로 저에게 물으셨습니다. '부에노스아이레스의 젊은 사제들에게서 가장 사랑을 많이 받는 부주교가 어느 분인지 아세요? – 베르골리오입니다!'라고 명확하게 말씀하셨습니다. 그렇습니다. 왜냐하면 그는 누구보다도 젊은 사제들에게 많은 사랑을 받았습니다. 바로 그의 깊은 겸손과 단순함 때문이지요."

베르골리오의 어떤 말씀이 가장 인상에 남으셨습니까?

"로마 사람들에게 흥미가 있을 만한 또 다른 에피소드를 기억하고 있습니다. 베르골리오가 부에노스아이레스의 부주교였을 때, 저는 그를 만나서 제가 로마에 가게 되었다고 말했습니다. 그러자 그는 저에게, 산타 마리아 마조레 성당에 가서 '로마 백성들의 구원(Salus Populi Romani)'이라는 성화상본聖畵像本을 하나 가져다 달라고 했습니다. 이는 그가 교황이 되기 그 오래전부터 이미 그 성모님의 성화에 대한 크나큰 신심을 가지고 있었다는 뜻이지요. 그가 교황으로 선출되던 날, 하얀 연기가 피어올랐을 때, 우리는 모두 텔레비전을 보고 있었습니다. 프란치스코 교황이 그 다음 날, 동정녀께 기도하러 갈 거라고 말씀하셨을 때, 저는 그가 로마 '백성들의 구원'이라는 그 성화 앞에서 기도할 것이라고 생각했습니다. 제가 그리 생각하는 것은 당연한 일이지요!"

첫영성체를 하던 그 시절

부에노스아이레스 도심지에서 몇 정거장 밖에 안 되는 비자 데 보토 지역에는 원죄 없이 잉태되신 성모 성당이 있다. 그리고 그 옆에는 젊은 호르헤 마리오 베르골리오가 다니던 신학교가 있다.

알베르토는 자기 집에서 얼마 떨어지지 않은 곳에서 약간의 과일을 사 들고 집으로 돌아가는 중이다. 부활절 월요일 아침이다. 그 과일 가게도 오늘 문을 연 몇 개 안 되는 가게 중에 하나다. 신학교도 문이 닫혀 있었다.

알베로토는 76세. 베르골리오와 같은 나이다. 그는 50년 전부터 이곳에 살고 있다. 그는 상당한 자부심을 드러내며 말하였다. "나의 형이 세례를 받은 성 루이지 공사가 성당은 여기서 멀지 않습니다. 베르골리오가 추기경이었을 때, 그곳에서 미사를 한 번 드렸는데, 그때 거기서 그를 보았어요. 인상이 매우 좋았지만, 그가 무슨 말을 했는지는 묻지 마세요. 기억하지 못하니까요. 그러나 그의 키가 상당히 컸다는 것은 기억해요."라고 말하면서, 프란치스코 교황의 상상하는 키를 보여 주려는 듯이 머리 위 몇 센티미터 위로 손을 들어 올렸다.

나는 그를 따라 그의 집 쪽으로 갔다. 그 집은 신학교 정문 바로 앞에 있었다.

"목요일에 신학생들은 축구를 합니다. 성당 뒤에 축구장이 있습니다. 나는 가끔 축구 시합을 보러 그곳에 갔던 기억이 납니다. 그들 중에는 베르골리오도 있었지요. 그걸 알게 된 것은 우리 본당 신부님이 말씀해 주셨기 때문입니다. 그러나 솔직히 말해서 그때는 도시 변두리의 청년들 중에서 교황이 선출되리라고는 상상도 못했습니다. 정말 지리적으로나 정치적으로나 이곳이 중심

베르골리오가 첫영성체를 한 '자비의 성모학교' 소성당

부가 아닌 것은 사실이니까요. 전에는 성당 문이 항상 열려 있었는데, 요새는 닫혀 있어요. 몇 달 전부터 도둑들이 생겨서 본당 신부와 식복사가 없을 때에는 닫아 두어야 합니다.”

나는 베르골리오가 태어난 플로레스 지역으로 자리를 옮겼다. 멤브릴라르가 531번지에 호르헤 마리오의 생가가 있다. 나무 덧문이 모두 내려져 있었다. 1층에 프란치스코 교황의 사진이 걸려 있고 그 사진 밑에는, “프란치스코 교황을 위한 봉헌금은 성녀 프란치스카 하베리오 카브리니 성당으로 내어 주십시오.” 라고 쓴 종이가 한 장 붙어 있었다.

몇 걸음 더 걸어가자 자비의 광장이 나왔다. 정면에 ‘자비의 성모’ 기숙학교가 보인다. 자비의 성모 수도회는 사보나에도 또 다른 집을 가지고 있다. 마리아 힐다 수녀가 나를 마중 나오고 있었다. 이 수도회는 초등학교와 중등학교를 경영하고 있다. 인문 고등학교도 있는데, 교직 전문 과정을 설치하고 있다. “이 기숙학교는 137년이 된 학교입니다.”라고 그 수녀가 말한다.

“베르골리오는 여섯 살이 되었을 때 이 학교에 다니기 시작했습니다. 그가 주교로 임명되었을 때부터는 일 년에 두 번씩 이 학교에 오셨습니다. 이 도시의 모든 수도자들을 모으시고 사목 지침을 주셨습니다. 이곳은 그에게 매우 중요한 장소입니다. 바로 이곳에서 첫영성체를 하셨고, 주교가 된 후에는 첫영성체 주년을 지내려 오셨습니다. 1990년대 초반의 이야기입니다."

마리아 힐다 수녀가 베르골리오가 첫영성체를 했던 소성당으로 나를 안내하는 동안, 나는 그 수녀에게, 베르골리오를 마지막으로 본 것이 언제냐고 물었다.

"작년 11월 10일입니다. 이 소성당 건립 75주년이 되는 날, 베르골리오가 이곳에 오셨습니다. 저희에게는 굉장한 날이었지요."

성당은 소박했다. 최근에 이루어진 역사적 중요성이 있어 보이는 유일한 장식은 강론대 앞에 설치한 교황의 사진뿐이었다. 학생 시절의 베르골리오의 사진은 없다고 말하면서 수녀는 호르헤 마리오가 공부하던 교실을 보여 주었다. 교실에 가기 위해서는 계단을 내려와야 했는데, 마리아 힐다 수녀가 말하는 대로, 그 계단은 그 나름대로 역사의 한 편린이 되었다.

"그는 이 계단을 수없이 오르내리면서 곱셈구구단을 배웠습니다. 그것이 그의 방법이었지요. 다른 소년들은 종이에 쓰거나 손가락으로 세어 가며 계산하는 것을 배웠지만, 그는 반대로 자기만의 방법을 만들어 낸 것입니다. 최근의 어떤 강론에서 말씀하신 바와 같이, 그는 어렸을 때부터 책상 앞에 있는 것을 좋아하지 않고, 밖에 있기를 좋아했습니다. 그는 대중들 가운데에 있으면서 자신의 목자로서의 의무를 수행하셨습니다."

여기서도 베르골리오는 축구를 했다. 축구장은 기숙학교 안쪽에 있었고, 그 옆에는 작은 분수와 코르코바도의 상*을 축소한 모작처럼 보이는 예수 그리스도의 동상이 서 있었다.

"작년에 저희 수녀회 수녀님들이 주님의 성체 행렬에 참석했

---

* 코르코바도의 예수 그리스도 상 : 코르코바도는 세계 3대 미항 중의 하나인 브라질의 리우데자네이로의 7대 불가사의로 선정된 바다에서 곧바로 솟아 있는 710미터 높이의 언덕이다. 그 꼭대기에 30미터 높이의 예수 그리스도상이 세워져 있다. 이는 자연과 절묘한 조화를 이루어 이 미항을 더욱 돋보이게 한다.

었는데, 베르골리오 추기경님이 저희와 함께하셨습니다. 모든 군중과 함께 거리를 걸으셨지요. 그분의 특징입니다. 그분 이전에는 추기경이 군중들 가운데에서 행렬을 지어 걷는 것을 한 번도 본 적이 없습니다."

그러고 나서 대화는 그가 교황으로 선출된 날로 돌아갔다.

"3월 13일, 우리 모두는 텔레비전을 보고 있었습니다. 우리들 중 아무도 그가 교황이 되리라고는 기대하지 않았습니다. 그야말로 깜짝 선물이었지요. 그는 이미 2005년에 교황이 될 뻔했었고, 우리는 이러한 기회란 일생에 한 번밖에 오지 않는 것으로 여겼었습니다. 이는 상식적인 지혜에서 나오는 생각이었지요. 그러나 상식적인 지혜도 하느님의 섭리가 원하는 일에는 그에 종속된다는 것이 분명합니다. 그리고 이런 기대는 좋은 것입니다. 항상 희망을 가질 수 있다는 걸 의미하니까요. 베르골리오라는 이름이 나왔을 때 축포가 터졌습니다."

좋아요. 그런데 수녀님들은 어떻게 축제를 지내시나요?

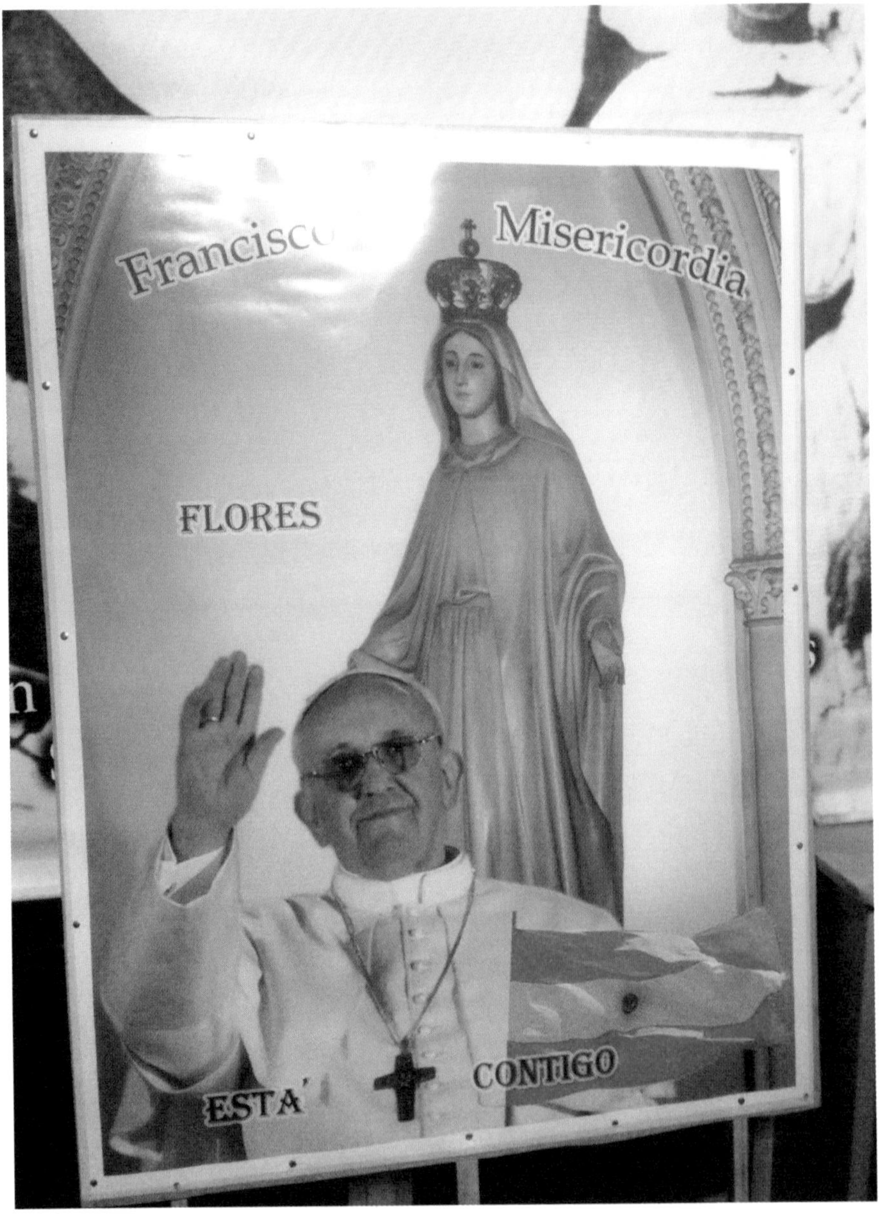
Francisco
Misericordia
FLORES
ESTA´
CONTIGO

자비의 성모학교 수녀들이 프란치스코 교황의 착좌 미사 동안
마요 광장에 내걸었던 포스터들

축구장

구세주 그리스도의 상

베르골리오가
여섯 살 때 공부한 교실

베르골리오가 셈(구구단)을 배운
자비의 성모학교 계단

베르골리오 생가

부에노스아이레스의 멤브릴라르 가 531번지에 있는
베르골리오의 생가 일층 창문의 나무 덧문이 닫혀 있다.
종이에는 '프란치스코 교황을 위한 봉헌금은 제발 성녀 프란체스카 사베리오
카브리니 본당으로 내주십시오.'라고 쓰여 있다.

“좋은 음식을 먹고 포도주도 조금 마시지요.”

마리아 힐다 수녀가 미소 지으며 대답했다.

“플로레스의 산호세 성당에는 그날 저녁 미사에 사람들이 물 밀 듯이 들어와 인산인해를 이루었었습니다. 그리고 저는 바로 프란치스코 교황님이 선출되신 덕분에 옛날 고등학교 친구들을 만나는 기회를 얻었답니다. 그들이 텔레비전에서 저를 보았다는 거예요. 사실, 그분이 베드로의 후계자로서의 봉사직을 시작하는 미사를 드리시던 날, 우리는 모두 주교좌성당에 갔었고, 텔레비전은 우리들 주위에서 인터뷰를 했었거든요. 저는 30년 이상 보지 못했던 고등학교 친구들 몇 명을 만났습니다. 저는 무한히 감격스러웠습니다. 베르골리오가 교황으로 선출되자, 그때부터 저에게는 참으로 가슴 벅차고 잊을 수 없는 순간들이 많이 있었습니다.”

수녀는 그날 수녀들이 축제를 지낼 때 썼던 포스터를 보여 주었다. 교황님이 맨 앞에 계시고, 그 뒤에 베르골리오가 첫영성체를 했던 소성당의 성모님이 계셨다. 힐다 수녀가 말했다.

“그분이 이 사진을 보실 수 있다면 얼마나 좋을까요! 그러면 모두 무척 행복할 텐데요.”

진리와 자비

아르헨티나 수도에 도착한 둘째 날에 부에노스아이레스의 기자 한 분을 만났는데, 그는 나에게 이런 말을 하였다.

"요즈음 우리는 교황성하에게 축하를 드리고 있습니다. 마치 그가 우리 각자의 본당 신부나 되는 듯이 말입니다."

아르헨티나 백성과, 이제는 이미 전 추기경이 된 그분 사이에는 직접적인 유대 관계가 있는 것처럼 보였다. 세계적인 동시에 지역적이다. 그러니까 그는 절대적으로 현대식 교황인 것이다.

이민의 땅에 온 이민자의 아들, 베르골리오는 당연히 서로 다

부에노스아이레스 길거리에 있는 포스터.
프란치스코 교황과 크리스티나 데 키르크네르 대통령이 마테차를 나누고 있는 상징적인 몸짓을
통해서 희망의 미래를 위한 상호 간의 축원을 교환한다는 것을 보여 주고 있다.

른 여러 가지, 즉 서로 다른 언어, 문화, 종교를 대하며 함께 살아야 했다. 결과적으로 폐쇄, 추방을 반대하고 세상에 대하여 열린 시선을 가질 각오가 서 있어야 했다. 베르골리오가 갈망한 모델은, 모든 지점이 중심으로부터 같은 거리가 되어 자기를 버리고 평등해지는 구체의 공간이 아니라, 일치점이든 특수성이든 모든 특수성들이 유지되는 다면체였다.

2007년에 브라질의 아파레시다에서 열린 제5차 라틴아메리카 및 카라이비의 전체 주교회의에서 베르골리오는 절대다수의 득표로 최종 문헌의 전략적인 편집위원회의 위원장으로 선출되었다. 그리고 그 문헌은 교회를 더욱 선교적인 공동체로 변화시킬 수 있기를 염원하고 있었다. 그가 젊었을 때 일본 선교사로 가고 싶어 했다는 것은 우연이 아니었다. 사실 그는 잘 알려진 병 때문에 이를 포기했던 것이다. 그의 성소는 다른 문화와의 만남에 대한 열정으로 가득 차 있었다.

그는 교구장 주교로서 '신앙의 해' 개막을 위한 사목서한에서 본당 신부들에게 도시 변두리에 가서 그곳 도유塗油 체험을 하라고 요청했던 교황이다. 내면적인 성찰과 자기 추구의 실천 속에서는 주님을 만날 수 없기 때문이라고 하였다. 이는 오직 본당 신부들에게 한정하여 한 말이 아니었다. 네트워크 속을 헤집고 다니는 방랑자들에게 한 말이요, 소셜 미디어 속에 '갇혀' 자신들의 대부분의 시간을 허비하는 사람들에게 한 말이었다: '목자는 양 냄새를 지녀야 한다.' 냄새 체험은 현장에서 하는 것이다.

그러므로 베르골리오가 말하는 변방 체험을 하라는 권유는, 우리의 인식을 넓히고 심화하기 위하여 우리들의 집안일 같은 습관적인 일들에 짓눌려 있지 말라는 초대이며, 또한 너무 오랫동안 소홀히 하여 방치했던 옛날 습관에 자극을 주고, 어떤 집중과 자기 추구적인 도구의 사용을 버리고, 우리 삶을 보다 구체적인 실천으로 재장전하라는 초대다. 이를 위하여 베르골리오는, 아브라함 스코르카와의 대담에서, 자선을 베풀 때 그것을 받는 사람의 눈을 들여다보고, 길거리의 거지들을 손으로 만져 보라고 했다. 이는 바로 중재와 매체들을 통해서 거리를 없앤다는 착각을 버리라는 당부다. 중재와 매체들 덕분에 별다른 노력을 들이지 않고 손쉽게 양심을 씻어 낼 수 있다고 착각하고 있지만, 거리는 실제적으로 존재하기 때문에 그 비극적인 차원을 충분히 이해하려면 그 거리가 제대로 메워져야 한다는 것이다.

그의 언어는 '신체적'인 언어이다. 살, 눈, 손 등 신체의 어휘들이 풍성한 사전이다. 왜냐하면 '최하층의 사람들'에게 가까이 가려면 우리의 표현은 구체적이어야 하고, 문자적으로도 표피적이어야 하기 때문이다. 가난의 동의어라 할 수 있는 외곽 지대는 깊이의 은유이기도 하고, 우리들의 실존을 평준화하는 조건화, 습관, 종속, 심지어 기술로부터의 탈출을 은유하기도 한다. 그러기에 베르골리오는 2010년 10월 16일, 제13회 사회 사목의 날에 즈음하여, 일상생활 속에 점점 더 유행되는 기술적인 통교 방식인 궤변의 남용에 대하여 비판적인 담화를 할 정도였던 것이다. 궤변은 소셜 네트워크 세계의 전형적인 소통 방편이다. 궤변은 진리를 왜곡하면서 기만하고, 대화로써 생각을 대조하는 일을 건너뛰면서 이를 기피하는 결과로 이끌어 가는 유혹의 한 가지 형태이다.

한마디로, 베르골리오의 당부는 유행어들을 사용하는 유행 따르기 선호를 포기하고, 우리의 가장 깊은 내면과는 아무런 관계도 없을 뿐 아니라, 점점 더 무기력해지기 쉬운 언어에 조건화된 기계적인 행위에 지나지 않는 '메모리' 없는 '빈껍데기 말'에 전염되지 않도록 자신을 지키라는 것이다. 그러므로 그의 권고는,

육체적, 정신적으로 타인과 연결 지을 수 있고, 인생 전체의 의미인 사랑의 체험을 성숙시킬 수 있는 우리의 자연적인 능력, 곧 우리 삶이 영위될 수 있으려면 없어서는 안 될 그 자연적인 능력을 위축시키고 빼앗아 버리는 현재의 순간 순응주의 경향에서 결과한 심리적 압박에서 벗어나라는 초대인 것이다.

 부에노스아이레스에서 지낸 20일 동안 나는 인간 베르골리오에 대한 나 나름대로의 개인적인 개념을 형성하였다. 그러나 그것은 보통 사람들, 교황의 많은 친구들과 동료들과 나눈 수많은 대화에서 얻어진 결실이다. 벤드라민 신부가 개인적인 편지에서 내게 써 보낸 바와 같이, 베르골리오는 말보다는 행동으로 더 많이 말하는 사람이다. 그는 이론화를 피하고 말할 때에는 종종 비유와 일화, 개인적인 체험, 들은 이야기 같은 은유적인 언어를 이용하고, 영화를 인용하거나, 또한 도덕적인 자세나 가르침을 예시하는 상징적인 사건들, 또는 단순하게 자기 생각을 더욱 웅변적으로 만들어 주는 전형적인 은유적 언어를 사용한다. 왜냐하면 오직 삶으로 살아 낸 삶의 증거만이 하나의 개념을 '인간답게' 만들 수 있고, 이렇게 함으로써 속빈 수사변론修辭辯論과 훈계 위주의 강론의 위험을 피할 수 있기 때문이다.

실제적인 인간 베르골리오가 손으로 하는 노동을 매우 중요시한 것은 ("노동이 아름다운 것은 그 결과가 보이고, 거기서 신성함이 느껴진다.") 그가 힘써 돌보았던 가난한 사람들에게 있어서, 손노동은 비참하고 궁핍한 삶의 처지에서 벗어나는 유일한 길이었기 때문이다. 또한 그는 탁월한 영적 힘을 지닌 사람이고, 내가 인터뷰한 사람들 대부분의 인도자요, 영적 위로자였으며, 그들을 돌보아 준 사람이었다.

기도는 끊임없이 그를 지탱해 준 버팀목이었다. 베르골리오가 쓴 것이나 말로 한 모든 담화를 특징짓는 첫머리 말, "저를 위해서 기도해 주십시오!"라는 그 말은 심원한 필요에 대한 명백한 표현이다. 우리의 책임이 높아지면 높아질수록 우리의 '권한'은 더욱더 커진다. 우리는 기도를 통해 위로와 격려를 얻어 낼 필요를 더 많이 느낀다. 기도는 기도하는 사람을 영적으로, 도덕적으로 지탱해 주고, 집중하게 해 주고, 의지를 강인하게 만들어 가도록 도와준다. 기도는 종교 체험을 강화시키는 수련이다. 체육관에서 하는 훈련이 몸을 노동의 주요 도구로 사용하는 사람의 신체를 단련하는 데 그 목적이 있듯이, 기도는 정확히 목자의 정신적·영적 에너지를 얻기 위한 훈련이다.

당장 성취 가능한 목적을 위해 우선적으로 자신의 시간을 투자하고자 하는 현대 세계에서 기도는 아무 의미가 없는 것처럼 보인다. 왜냐하면 당장 결과를 내주는 기능이 없기 때문이다. 그러나 로마노 과르디니는 기술한다. "영혼은 도처에서 사소한 목적들을 보지 않는 걸 배워야 하고, 유용한 동기에 너무 예민할 것이 아니라, [……] 오히려 단순하게 사는 법을 터득해야 한다. 적어도 기도할 때에는 유용한 활동 때문에 불안해지는 데에서 해방되는 방법을 습득해야 하고, 하느님을 위해 시간을 허비할 줄을 배워야 하며, 매 순간 '무슨 목적으로, 무엇 때문에 기도해?'라는 질문을 하지 않으면서 이 거룩한 유희를 위한 말과 생각과 행위를 찾아내야 한다. 결국 영원한 생명이란, 이 유희를 완성시키는 것 외에 다른 것이 아닐 것이다. 이를 이해하지 못하는 사람이 나중에 하늘에서의 우리 삶의 완성은 영원한 찬미의 노래라는 것을 어찌 이해할 수 있으랴?"

프란치스코 교황이 추기경이었을 때, 그의 담화, 강론, 인터뷰

를 통하여 상상했던 사회는 침묵과 휴지의 가치가 새롭게 새겨
진 사회였다. 즉, 매일의 근심 걱정에서 벗어나 명상을 하고, 가
정 안에 머물기 위하여, 또한 다른 사람과 살과 뼈를 맞대고 만나
는 데 시간을 내기 위하여 불연속의 시공간으로 인식되는 사회
였던 것이다.

우리는 종종 '겸손'이라는 말을 듣는다. 프란치스코 교황은 자
신의 역사로써, 겸손은 실천 가능한 것이고 이 겸손은 위대한 목
표들을 결코 훼손하지 않는다는 것을 보여 주고 있다. 오히려 그
목표들을 촉진시킬 수 있다. 흰옷을 입고 자신의 낡은 주교 십자
가를 목에 걸고 성 베드로 성당 발코니에 얼굴을 내민 이 사람은
자연스러운 엄숙함을 내뿜었다. 그것은 육화된 겸손이었다.

부에노스아이레스의 주교좌성당의 총대리 알레한드로 루쏘
신부는 나에게 말했다.

"교황님은 세상의 문제들을 해결할 정치적, 경제적 처방전을
하나도 가지고 계시지 않습니다. 그러나 더 중요한 처방전을 하

주교좌성당에서 드린 미사를 참례하고 성당을 나오는 신자들

'자부심과 행복감으로
프란치스코 교황을 함께
축하합시다.'라고
쓰여 있는 플래카드

나 가지고 계십니다. 그것은 처방전의 정신입니다."

　호르헤 마리오 베르골리오의 처방전은 실천을 통해서 설정되고 성숙된 정신이다. 그로 하여금 가난한 사람들과 판자촌의 소외된 사람들에게 다가가게 해 준 바로 그 실천력이다.

　"양 떼에게서 홀로 떨어져 있는 목자는 목자가 아니라, 양털을 매만지는 미용사일 뿐이다."

　아르헨티나, 발전도상 국가의 가난한 백성들, 3,000만 명 이상의 배고픔을 해결할 힘을 가지고 있으면서도 수백만 명이 영양부족으로 고생하는 것을 피하지 못하는 모순이 가득한 나라. 그러나 또한 위대한 민중영성으로 튼튼해진 강국이다. 교황 선출 직후 로마에서 성모 성당의 가장 중요한 '로마 백성의 구원'이라는 성화 앞으로 기도하러 간 베르골리오의 몸짓은 그의 백성 안에 뿌리내린 습관을 따르는 행위였다. 아르헨티나의 가장 큰 민중 신앙 행사인 루한으로 가는 젊은이들의 순례 속에는 베르골리오의 아르헨티나 특성 전체가 깔려 있는 것이다.

결론적으로 루쏘 신부가 프란치스코 교황의 선출 이틀 후에 가진 기자 회견 동안에 준 대답을 다시 취하고 싶다. 어떤 기자가 몇몇 사제들이 미혼 커플의 자녀와 미혼모의 자녀에게 세례를 주는 것을 거부한 것에 대하여 베르골리오는 그의 반대 입장을 견지했던 사건을 언급했다. 이에 루쏘 신부는 그 사건에서 교황의 프로필을 요약할 수 있는 두 마디 말이 부각된다고 하였다. 그것은 '진리와 자비'라는 것이다. 이는 교회 안에서 본질적으로는 하나가 되는 두 마디 말이다. 진리는 예수 그리스도께서 우리에게 주신 것이고, 이는 신앙, 관계, 가르침의 보증이며, 이 진리는 자비심을 가지고 사용되어야 하는 것이다.

법적 자격 요건을 잘못 해석하면서 몇몇 사제들이 정상적으로 결혼하지 않는 부부에게서 태어난 아기들에게 세례를 주지 않았다. 베르골리오는 어떤 경우에도 세례를 거부할 수는 없다고 말한다. 만일 교회의 진리가 자비로써 실천되지 않는다면, 그것은 단순히 진리가 아니다.

Lord Jesus,
make us
capable of
loving
as you love.

프란치스코 교황이 전한
평화의 메시지

Franciscus

평화의 바탕이자 평화로 향한 길인 형제애

1. 저에게는 이것이 첫 번째 세계 평화의 날 메시지입니다. 저는 개인이든 민족이든 모든 사람의 삶이 기쁨과 희망으로 가득하기를 소망한다는 것을 이 메시지를 통해 전하고 싶습니다. 사람들은 완전한 생활(충만한 생명)을 열망합니다. 그 열망에는 형제애에 대한 갈망이 포함되어 있습니다. 형제애는 다른 이들과 동행하는 삶을 이끌어 내고, 다른 이들을 적이나 반대편으로 생각하지 않고 형제와 누이로 받아들이며 끌어안을 수 있게 합니다.

형제애는 인간성의 핵심입니다. 왜냐하면 우리는 관계를 맺는 존재이기 때문입니다. 우리가 서로 관계를 맺고 있다는 분명한 자각이야말로 서로를 존중하며 친형과 친동생으로 또는 친누이로 대할 수 있도록 합니다. 형제애가 없다면 공정한 사회를 만들 수 없고, 탄탄하고 지속적인 평화를 구축할 수가 없습니다. 우리는 가정에서 먼저 형제애를 배운다는 것을 기억해야만 합니다. 무엇보다도 가족 구성원은 상호 책임을 지며 특히 어머니와 아버지는 상호 보충하기 때문입니다. 가정은 모든 형제애의 바탕입니다. 마찬가지로 가정은 평화의 바탕이며 첫 번째 길이기도 합니다. 가정은 그 주변의 세상에 사랑을 전파하는 사명을 성소로 받았기 때문입니다.

오늘날 정보 수단과 상호 유대는 끊임없이 넓어지고 있습니다. 덕분에 민족 사이의 공동 운명과 인류 일치에 대한 자각이 강하게 일어나고 있습니다. 오늘날 역사의 역동성에서, 인종과 사회, 그리고 문화의 다양성 안에서, 서로를 받아들이고 돌보아야 할 형제자매로 구성된 공동체를 형성해야 할 소명의 씨앗들이 뿌려져 있음을 우리는 목격하고 있습니다. 그러나 이 소명은 '무관심의 세계화'가 특징인 이 세상에서 빈번하게 부정되거나 무시되고 있습니다. 이 무관심의 세계화는 서서히 우리를 다른 이들의 고통에 대해 무감각하게 하며, 대신 스스로를 자신 안에 가두는 인간으로 만들어 가고 있습니다.

사회의 여러 분야에서 인간의 기본적인 권리들, 특히 생명권과 종교 자유의 권리에 대한 심각한 침해가 끊임없이 발생하고 있습니다. 파렴치한 학대와 다른 이들을 절망에 빠뜨리는 인신매매 같은 비극적 현상은 하나의 예에 불과합니다. 무력 충돌은 눈으로 볼 수 있는 잔혹한 전쟁이지만, 그보다 결코 덜하지 않은 잔혹한 전쟁은 무수한 생명과 가정과 기업들을 궤멸시키는 경제와 금융 영역에서 벌어지고 있습니다.

베네딕토 16세가 지적한 것처럼 세계화는 우리 모두를 이웃으로 만들고 있지만, 우리를 형제로 만들지는 않습니다.* 수많은 불평등, 빈곤, 불의의 상황은 형제애가 심각하게 결여되었다는 표징이면서 동시에 연대의 문화가 없다는 표징이기도 합니다. 만연하는 개인주의, 자기중심주의, 물질주의적 소비주의 같은 새로운 이념들은 사회적 유대를 약화시키고 있습니다. 이런 이념들은 가장 약한 이들과 '쓸모없는 이들'로 간주되는 이들을 포기하게 하고 경멸하게 하는 일명 "내다 버리는" 사고들을 부추깁니다. 이런 식으로 인간 사회는 점점 이기적이며 동시에 실용적인 태도, 곧 오로지 'do ut des(I give that you may give, 당신이 줄 수 있는 만큼만 나도 주겠다)'의 모습으로 변질되고 있습니다.

한편 세속의 윤리 시스템으로는 형제애라는 참된 유대를 구축할 수 없는 것이 분명합니다. 궁극적 기반으로서 모두의 아버지가 없는 그런 형제애란 결코 지속될 수 없기 때문입니다.** 사람들 사이의 참된 형제 관계가 형성되려면 초월적인 부성이 있어야만 합니다. 이런 부성을 인정할 때에만 인간의 형제애가

* 회칙 '진리 안의 사랑', 19항.
** 회칙 '신앙의 빛', 54항.

강화됩니다. 그럴 때에만 각자 다른 이들을 돌보는 '이웃'이 될 수 있습니다.

"네 동생은 어디 있느냐?"(창세기 4, 9)

2. 형제애에 대한 인간의 소명을 좀 더 완전히 이해하기 위해서, 그리고 그 실현을 가로막는 장애들을 찾아내고 그 장애들을 제거하는 방법을 찾기 위해서, 무엇보다 중요한 일은 사람들이 하느님의 계획을 스스로 알 수 있도록 해야 합니다. 하느님의 계획은 성경에 훌륭하게 제시되고 있습니다.

창조에 대한 성경의 설명에 따르면, 모든 사람은 하느님의 모상으로 창조된 아담과 하와(창세기 1, 26 참조)라는 공동의 조상의 후손들입니다. 그들에게서 카인과 아벨이 태어났습니다. 이 첫 가정에 대한 이야기에서 우리는 사회의 기원을 보며 개인과 사람들 사이의 관계가 어떻게 진화하는지를 보게 됩니다.

아벨은 양치기입니다. 카인은 농부입니다. 아무리 그들이 하는 활동과 문화가 다르다고 하더라도, 아무리 그들이 하느님과 또 피조물과 맺는 관계가 다르다고 하더라도, 그들의 신원과 소명은 본질적으로 형제가 된다는 것입니다. 카인이 아벨을 살해한 것은 형제가 되어야 할 카인의 소명을 분명하게 배척한 것에 대한 비극적 증언입니다. 카인과 아벨의 이야기(창세기 4, 1-16 참조)는 모든 사람이 다른 이를 돌보며 살도록 불림을 받았다는 어려운 임무를 보여 줍니다. 아벨은 자신의 양 무리 가운데 가장 좋은 것을 하느님께 봉헌했습니다. 그러나 카인은 하느님께서 아벨을 더 좋아하신다는 것을 받아들일 수 없었습니다. "주님께서는 아벨과 그의 제물은 기꺼이 굽어보셨으나, 카인과 그의 제물은 굽어보지 않으셨다."(창세기 4, 4-5). 카인은 질투 때문에 아벨을 살해했습니다. 이런 식으로 카인은 아벨을 형제로 존중해야 하는 것을 거부하였습니다. 아벨과 올바른 관계 맺기를 거부한 것입니다. 다른 이들을 보살피고 보호해야 할 책임을 갖고 하느님 앞에서 살아야 한다는 소명을 거부한 것입니다. "네 아우 아벨은 어디 있느냐?"고 물으심으로써, 하느님께서는 카인이 행한 일에 대해 책임을 묻습니다. 카인은 대답합니다. "모릅니다. 제가 아우를 지키는 사람입니까?"(창세기 4, 9). 그런데 창세기는 우리에게 말합니다. "카인은 주님 앞에서 물러 나왔다."고 말입니다.

우리는 스스로 물어야 합니다. '카인에게 형제애의 유대를 존중하지 않도록 한 것이 무엇일까?' 그러면서 동시에 '카인을 동생 아벨과 결합시키는 것은 무엇인가?' 하고 말합니다. 하느님께서는 카인이 악과 공모했음을 꾸짖으십니다. "죄악이 문 앞에 도사리고 있다."(창세기 4, 7). 그러나 카인은 악에서 벗어나는 것을 거부하고 대신에 "아우 아벨에게 덤벼들기로" 결정했습니다.(창세기 4, 8) 그럼으로써 하느님의 계획을 경멸한 것입니다. 이런 식으로 카인은 하느님의 자녀로 형제애를 나누며 살라는 원초적인 소명을 거스른 것입니다.

카인과 아벨의 이야기는 우리가 원래 형제애로 불림을 받았다는 것을 가르쳐 주고 있지만, 동시에 이 부르심을 거스를 수 있는 비극적 능력도 갖고 있음을 가르치고 있습니다. 이런 모습은 우리의 이기적 행위들 속에서 매일 볼 수 있습니다. 수많은 전쟁과 불의의 뿌리에는 이 이기심에 따른 행동이 있습니다. 수많은 사람이 자기 형제와 자매들의 손에 살해당합니다. 형제와 자매를 살해하는 이들에게서는 자신이 자기 증여와 친교를 위해, 곧 상호 관계를 위해 창조된 존재라는 것을 볼 수 없습니다.

"너희는 모두 형제다"(마태오 23, 8)

3. 자연스럽게 다음과 같이 묻게 됩니다. '이 세상 사람들이 과

연 아버지 하느님께서 그들 안에 심어 놓으신 형제애에 대한 열망을 온전하게 따를 수 있을까?' '사람들은 순전히 자기들만의 능력으로 무관심과 자기애와 증오를 극복하고, 사람들 사이의 정당한 차이를 받아들일 수 있을까?' 하고 말입니다.

우리는 예수님의 말씀을 요약해서 다음과 같이 답할 수 있습니다. "너희의 아버지는 한 분이시다. 그분은 하느님이시다. 그리고 너희 모두는 형제이며 자매다."(마태오 23, 8-9 참조) 형제애의 근거는 하느님의 부성입니다. 불분명하고 역사적으로 확인할 수 없는 생물학적인 부성을 말하고 있는 것이 아닙니다. 그보다는 모든 사람을 향한 하느님의 특별한 사랑, 놀랍도록 구체적인 하느님의 인격적 사랑을 말하고 있는 것입니다.(마태오 6, 25-30 참조) 형제애를 실현하는 것은 이 부성입니다. 왜냐하면 일단 하느님의 사랑을 받아들이고 나면, 하느님의 사랑은 우리의 삶은 물론이고, 다른 이들과 맺는 관계를 변형시키는데, 그리고 우리의 삶을 연대와 순수한 나눔으로 인도하는 데 가장 뛰어난 수단이 되기 때문입니다.

인간의 형제애는 아주 특별한 방법으로 예수 그리스도의 죽음과 부활 속에서 드러납니다. 또한 그분의 죽음과 부활로 형제애는 되살아납니다. 형제애는 인간이 스스로 만들어 낼 수 없습니다. 십자가야말로 형제애를 만들어 낸 결정적 장소입니다. 인간의 본성을 구원하시기 위해 인간의 본성을 취하신 그리스도께서는 십자가에서 죽기까지 아버지를 사랑하심으로써(필리비 2, 8 참조), 당신의 부활을 통해 우리를 새로운 인간으로 만드셨습니다. 그분의 십자가 죽음과 부활로 새 인류는 하느님의 계획과 하느님의 뜻과 온전하게 친교를 이룰 수 있게 되었습니다. 물론 하느님의 뜻과 계획 안에는 형제애에 대한 우리의 소명을 완전하게 실현하는 것이 포함되어 있습니다.

예수님께서는 그 무엇보다도 아버지의 계획을 처음부터 따르셨습니다. 그리스도께서는 아버지를 향한 사랑으로 죽기까지 자신을 버리심으로써 우리 모두에게 결정적이며 새로운 원리가 되셨습니다. 곧 우리 모두 같은 한 아버지의 자녀이기 때문에 그분 안에서 서로를 형제이며 자매라고 여겨야 한다는 것입니다. 그리스도께서는 그 자체로 계약입니다. 즉 그분을 통해서 우리는 하느님과, 그리고 형제와 자매로서 다른 이들과 화해를 이룹니다. 예수님의 십자가 죽음 역시 사람들 사이의 분리, 계약의 백성과 이방인 사이의 분리를 끝냈습니다. 이방인들은 예수님의 죽는 순간까지 희망을 갖지 못했습니다. 왜냐하면 이들은 약속의 보따리에 접근할 수 없었기 때문입니다. 그러나 에페소서가 전하는 것처럼, 예수 그리스도께서는 모든 사람을 당신 안에서 화해시키셨습니다. 예수 그리스도께서는 평화이십니다. 왜냐하면 그분은 사람들을 갈라놓는 장벽을 허물어뜨리심으로써, 즉 사람들 사이의 적개심을 없애심으로써, 사람들을 하나로 만드셨기 때문입니다. 그분은 당신 자신 안에 한 민족, 새로운 인간, 새로운 인류를 창조하셨습니다.(에페소 2, 14-16 참조)

그리스도의 생명을 받아들여 그 안에 사는 사람은 모두 하느님을 아버지로 알아보고, 무엇보다도 그분을 사랑함으로써 자신을 그분께 온전히 바칩니다. 하느님과 화해한 사람은 하느님 안에서 모든 이의 아버지를 알아보며, 그 결과 모든 이에게 개방된 형제애의 삶을 살게 됩니다. 그리스도 안에서 다른 이들은 하느님의 아들 혹은 딸로 환영과 사랑을 받습니다. 그분 안에서 다른 이들은 더 이상 이방인이 아니며, 결코 경쟁자가 될 수 없고 더더욱 적은 될 수 없습니다. 하느님의 가족 안에서, 곧 모두가 같은 아버지의 아들과 딸인 그곳에서, 그리고 그들이 모두 그리스도와 결합되었기 때문에, 곧 아들 안에서 아들들과 딸들이 되었기 때문에, '사용 후 버릴 수 있는 생명들'이란 있을 수 없습니다. 모든 사람은 동등하고 침해할 수 없는 존엄을 누립니다. 하느님께서는 모두를 사랑하십니다. 그리스도의 피는 모두를 구원하셨습니다. 그리스도께서는 모두를 위해 십자가에서 돌아가셨으며 부활하셨습니다. 이것이 왜 우리 형제자매들의 운명 앞에서는 어느 누구도 무관심한 채로 남아 있을 수 없는지 그 이유가 됩니다.

평화의 바탕이자 평화로 향한 길인 형제애

4. 형제애가 평화의 바탕이자 평화로 향한 길이라는 것임을 아는 것은 어렵지 않습니다. 이와 관련해서 선임 교황들이 쓴 사회 회칙들은 매우 큰 도움이 됩니다. 바오로 6세 교황의 회칙 '민족들의 발전'과 요한 바오로 2세 교황의 회칙 '사회적 관심'에서 평화에 관한 정의를 살펴보는 것으로도 충분할 것입니다. 앞의 회칙에서 우리는 민족들의 참된 발전이 평화의 새로운 이름*이라는 것을 배우게 됩니다. 뒤의 회칙에서 우리는 평화가 연대의 작품이라는 결론을 배우게 됩니다.**

---

* 회칙 '민족들의 발전', 87항.
** 회칙 '사회적 관심', 39항.

바오로 6세는 개인들뿐만 아니라 민족들도 형제애의 정신으로 서로 만나야 한다고 밝혔습니다. 그는 이렇게 말했습니다. "마찬가지로 이런 상호 이해와 우정으로, 이런 거룩한 친교로, 우리는 인류의 공동 미래를 건설하기 위해 함께 활동해야만 한다."[*] 우선, 이 의무는 기득권을 갖고 있는 사람들에게 있습니다. 이 의무는 인간적이며 초자연적 형제애에 그 뿌리를 두고 있으며, 세 가지 의무로 드러납니다. 우선 연대의 의무로, 이는 부유한 나라들이 덜 발전된 나라를 지원할 것을 요구합니다. 다음으로는 사회 정의의 의무로, 이는 좀 더 큰 공정성의 관점에서 강자와 약자 사이의 관계를 재조정할 것을 요구합니다. 마지막으로 보편적 사랑의 의무로 이는 모든 이를 위한 좀 더 인간적인 세상을 만드는 것을 지향합니다. 좀 더 인간적인 세상에서는 다른 이들의 발전에 장애가 되는 것을 만들어 내는 진보가 이루어져서는 안 됩니다. 누구나 건넬 것과 받을 것이 있는 그런 세상을 위해서는 보편적 사랑의 의무를 수행해야 합니다.[**]

그리고 우리가 평화를 연대의 열매로 본다면, 형제애가 그 주

---

[*] 회칙, '민족들의 발전', 43항.
[**] 회칙, '민족들의 발전', 44항 참조.

요 바탕이라는 것을 인정하지 않을 수밖에 없습니다. 요한 바오로 2세는 평화를 '분해할 수 없는 선'이라고 밝혔습니다. 평화는 모든 이에게 선한 것이어야 합니다. 그렇지 않으면 아무에게도 선한 것이 아닙니다. 평화는 가장 높은 수준의 생활로 또 보다 인간적이며 지속 가능한 발전으로 "공동선에 투신하겠다는 강력하고도 항구한 결의"*인 연대의 정신으로 살 때에만 진정으로 성취할 수 있고 누릴 수 있는 것입니다. 이는 평화가 "사적 이익에 대한 욕망"이나 "권력에 대한 갈망"으로는 이룰 수 없다는 것을 의미합니다. 요구되는 것은 타인을 착취하는 대신에 남을 위하여 "자기를 잃는" 각오와 우리의 이익을 위하여 그들을 억압하는 대신에 "그들을 섬기는" 각오입니다. '다른 사람'을(한 사람이든, 민족이든, 국가든) 일종의 도구로, 착취할 수 있는 노동력과 체력을 가진 존재로, 그리고 더 이상 효용이 없을 때에는 내버릴 것으로 생각하지 말고, 우리 '이웃'으로, '우리를 돕는 이'로 생각해야 합니다.**

그리스도교의 연대는 이웃을 단지 "각자 나름대로 권리와 다

---

* 회칙, '사회적 관심', 38항.
** 회칙, '사회적 관심', 38~39항.

른 이와 근본적인 평등성을 갖춘 인간으로서만이 아니라, 예수 그리스도의 피로 구원되었으며, 성령의 항구한 활동으로 인도되는 존재, 곧 아버지 하느님의 생생한 모상으로서"* 사랑해야 한다는 것을 강조합니다. 요한 바오로 2세가 밝힌 것처럼 "이 점에서 하느님께서 만인의 아버지이시고 만인은 그리스도 안에서 형제이며(아들 안에서 자녀가 됨)성령의 현존과 생명을 주시는 활동을 깨닫는다는 것은 우리의 세계관을 해석하는 새로운 기준"** 이 되며, 또 세계관을 변화시키는 새로운 기준이 될 것입니다.

빈곤과의 투쟁에 전제 조건이 되는 형제애

5. 회칙 '진리 안의 사랑'에서 전임 교황은 사람들 사이에 얼마나 형제애가 부족한지, 그리고 어떻게 사람들이 바로 빈곤의 주요 원인이 되는지를 환기시켰습니다.*** 많은 지역에서 우리는 가정과 공동체의 건강한 관계가 사라지고 있음을 체험하고 있습니다. 우리는 '관계의 심각한 빈곤'을 체험하고 있습니다. 우리는

---

* 회칙, '사회적 관심', 40항.
** 회칙, '사회적 관심', 40항.
*** 회칙 '진리 안의 사랑' 19항 참조.

다양한 형태의 어려움, 주변화, 소외, 그리고 점점 증가하고 있는 다양한 형식의 병리적 의존성들을 걱정하고 있습니다. 이런 종류의 빈곤을 극복하기 위해서는 가정과 공동체에서 형제적 관계를 존중하고 재발견해야만 합니다. 인간 생활의 한 부분인 기쁨과 슬픔, 어려움과 성취를 공유해야만 합니다.

더 나아가, 우리는 절대 빈곤이 줄어들고 있지만, 상대 빈곤이 심각하게 증대되고 있음을 결코 간과해서는 안 됩니다. 특정 지역 안에서, 혹은 특정한 역사·문화적 배경 안에서 함께 살고 있는 사람들과 그룹들 사이의 불평등을 그 예로 들 수 있습니다. 이 점에서 형제애의 원리를 증진시키는 효과적인 정책들이 있어야 합니다. 즉 그 존엄성과 인권에 있어서 평등한 모든 사람이 자본, 서비스, 교육 자원, 의료, 그리고 기술에 접근할 수 있도록 하는 정책들이 반드시 필요합니다. 왜냐하면 모든 사람이 자신의 계획을 세우고 실현할 기회를 갖기 위해서는, 그리고 한 사람으로서 자신을 완전하게 발전시킬 수 있기 위해서는, 그런 것들이 반드시 있어야 하기 때문입니다.

심각한 소득 불균형을 완화할 수 있는 정책도 반드시 필요합니다. 우리는 이른바 '사회적 담보'라는 교회의 가르침을 절대로 망각해서는 안 됩니다. 이 '사회적 담보'에 대해 토마스 아퀴나스는 다음과 같이 밝혔습니다. "사람이 재화의 소유권을 갖는다."*는 것이 비록 적법하다고 하더라도, 그것은 어디까지나 어디에 쓰느냐에 관한 것에 제한을 받는다. 즉 "그들은 그것을 자신만의 것으로 소유하는 것이 아니라 다른 이들에게도 공동으로 속한 것으로 소유하는 것이다. 그 재화들은 자신만이 아니라 다른 이들에게도 이로워야 한다는 점에서 그렇다."**

마지막으로 형제애를 증진하는 다른 형태가(그럼으로써 빈곤을 물리치는) 남아 있는데 이는 다른 모든 형태의 형제애 증진에 바탕이 된다는 사실은 틀림없습니다. 소박하면서도 필수적인 것으로만 생활하겠다며 그 삶을 사람들, 자신의 부를 나눔으로써 다른 이들과 형제적 친교를 체험하려는 사람들의 초연함이 바로 그것입니다. 이 초연함은 예수 그리스도를 따르고 그리스도인이 되는 데 기본입니다. 이는 청빈 서약을 한 수도자들만의 경우가 아니라 다른 이웃과 형제적 관계를 맺는 것이 가장 선한 것임을 굳게 믿는 책임 있는 시민과 많은 가정에도 해당합니다.

---

* 신학대전 II-II q. 69, art. 2.
** 2차 바티칸 공의회 '사목헌장' 69항; 회칙 '새로운 사태', 19항; 회칙 '사회적 관심', 42항; '간추린 사회교리', 178항.

6. 이 시대의 심각한 금융 및 경제 위기의 기원은 하느님으로부터 또 이웃으로부터 사람들이 점진적으로 멀어지는 데에 있습니다. 또 한편으로는 물질 재화에 대한 탐욕적 추구와, 다른 한편으로는 공동체 관계와 인간 상호 관계의 황폐화에서 그 기원을 찾을 수 있습니다. 이 심각한 지속적 금융 및 경제 위기는 건전한 경제 원리와는 거리가 먼 소득과 소비에서 만족과 행복과 안전을 추구하도록 사람들을 내몰고 있습니다.

1979년 요한 바오로 2세는 다음과 같이 호소했습니다. "물질 세계에 대한 인간의 지배는 괄목할 만한 발전을 이뤘지만, 사람은 그 지배의 실마리를 잃었음에 틀림없다. 그리고 여러 면에서 자신의 인간다움은 세상에 종속되고 말았다. 그리고 또 여러 가지 방법으로 자신은 이용의 대상으로 전락되고 말았다. 물론 이 이용이 직접적으로 드러나는 것이 아니더라도 말이다. 공동체 생활의 조직 전체를 통해서, 생산 시스템을 통해서, 사회 대중 매체 수단이 가하는 압력을 통해서 말이다. 이것이야말로 실제로 직면

---

* 회칙 '인류의 구원자', 16항.

한 위험"*으로서 주목해야 한다고 말입니다.

연이은 경제 위기는 현재의 경제 발전 모델에 대한 재고와 생활 양식의 변화로 이어져야만 합니다. 오늘날의 위기는 인간의 삶에 중요한 의미를 갖기도 하지만, 동시에 분별, 절제, 정의, 용기 같은 덕목들을 재발견하는 좋은 기회가 될 수도 있습니다. 이 덕목들은 어려운 시기를 극복하고 우리를 서로 결합시키는 형제적 유대를 회복하는 데 도움을 줄 수 있습니다. 물론 이 형제적 인간은 자신의 개인적 이익을 극대화하는 것 이상의 무엇인가를 필요로 하고 또 할 수 있다는 신념을 수반합니다. 무엇보다도 이 덕목들은 인간 존엄함에 부응하는 사회를 건설하고 유지하는 데 필요합니다.

전쟁의 불을 끄는 형제애

7. 지난 몇 년 동안 수많은 우리의 형제자매가 전쟁이라는 파괴적 경험을 견뎌야 했습니다. 이 전쟁은 형제애에 깊은 상처를 남기고 말았습니다.

수많은 (물력) 충돌이 우리의 태연한 무관심 속에서 벌어지고 있습니다. 테러와 파괴가 자행되는 지역에 사는 모든 사람들에게 저는 저와 교회 전체가 그들과 함께 하고 있음을 분명히 말씀드립니다. 교회의 사명은 사람들이 잊고 있는 이들, 곧 전쟁에서 자신을 방어할 능력이 없는 희생자들에게 그리스도의 사랑을 전하는 것입니다. 평화를 위해 기도하는 것뿐만 아니라, 다친 사람들, 굶주린 사람들, 피난을 떠나는 사람들, 내쫓긴 사람들, 공포 속에서 사는 모든 사람들에게 봉사하는 것이 바로 교회의 사명이기 때문입니다. 교회는 지도자들이 희생자들의 고통으로 울부짖는 소리를 들으라고, 또 모든 형태의 적개심, 학대, 인간의 기본적 권리의 침해를 끝내라고 외치고 있습니다.[*]

그 때문에 저는 무력을 동원해서 폭력과 죽음을 유포하는 모든 사람들에게 강력하게 호소합니다. 여러분이 오늘 본 그 사람을 간단히 쓰러뜨려 버려야 할 적으로 보지 마십시오. 오히려 그에게서 당신의 형이나 누이를 보십시오. 그리고 그들에게 들었던 손을 내려놓으십시오. 무력 사용을 포기하고, 대화와 관용과 화해 속에서 다른 이를 만나십시오. 당신을 중심으로 정의와 신뢰와 희망을 구축하십시오. "이런 관점에서 모든 세계 시민에게 무

---

[*] '간추린 사회 교리', 159항.

력 충돌들은 항상 국제적 조화의 교묘한 부정이며 뿌리 깊은 분열과 깊은 상처를 만든다는 것이 분명합니다. 이 분열과 상처를 치유하는 데에는 많은 시간이 필요합니다. 전쟁은 국제 공동체가 세워 놓은 위대한 경제 사회적 목표 추구를 직접적으로 거부하는 것입니다."* 그럼에도 불구하고 그처럼 엄청난 양의 무력이 지금까지도 유통되고 있다는 것은 적개심에 불을 당길 새로운 구실을 찾고 있다는 것을 드러내는 것이 아니고 무엇이겠습니까. 이러한 이유로 저는 저의 선임자들과 마찬가지로 무력 사용을 금지할 것과 핵무기와 화학 무기의 폐기로부터 시작해서 모든 당사자들이 무장을 해제할 것을 호소합니다.

그러나 우리는 국제 협약과 국가법이 분명히 필요하고 또 바람직하지만, 그것만으로는 인류를 무력 충돌로부터 보호하는데 충분하지 않다는 사실을 명심해야 합니다. 마음을 모은 것이 필요합니다. 한마음은 충만한 생명(의 문화)을 건설하는 데 있어서 다른 사람을 서로 보살피고 함께 협력해야 할 형이나 누이로 보게 하기 때문입니다. 이것이 종교 조직을 포함해서 시민 사회로

---

* 푸틴 대통령에게 보낸 프란치스코 교황의 서한(2013년 9월 4일).

하여금 평화를 증진하는 여러 활동을 이끌어 가는 정신입니다. 저는 모든 사람의 매일의 (평화에의) 헌신이 끊임없이 결실을 맺게 되기를 바랍니다. 그리고 평화권이 인권들 가운데 하나가 되고, 그리고 다른 모든 권리들의 필수 전제 조건이 되어야 한다는 희망을 밝힙니다.

형제애를 위협하는 부패와 조직적 범죄

8. 형제애는 모든 사람의 삶의 완성과도 관련을 맺습니다. 사람들이 갖는 정당한 열망, 특히 젊은이들이 갖는 열망, 그 열망을 꺾거나 침해해서는 안 됩니다. 더구나 그 열망을 실현시키려는 희망을 빼앗아서도 안 됩니다. 그렇지만 이 열망이 권력의 남용과 혼동되어서는 안 됩니다. 오히려 사람들은 상호 존중하는 자세로 서로 경쟁해야 합니다.(로마 12, 10 참조) 삶에서 발생하는 불일치는 피할 수 없는 것이기도 하지만, 우리가 형제자매라는 것을 한 순간도 잊어서는 안 됩니다. 그러므로 우리 이웃을 제거해야 할 적이나 반대자라고 여기지 않도록 다른 이들을 가르치고, 또 우리 자신도 배워야 합니다.

형제애는 자유와 정의 사이, 개인적 책임과 연대 사이, 개인의 선익과 공동선 사이의 균형을 만들어 내기 때문에 사회적 평화를 가져옵니다. 또한 정치 공동체는 이 모든 것(형제애와 사회적 평화 실현)을 위해 투명하고 책임 있는 방식으로 행동해야 합니다. 공권력이 시민들의 자유를 위해 대신해서 활동하고 있다고 시민들이 느낄 수 있어야 합니다. 그렇지만 분파적 이해관계 때문에 시민들과 기구들(정치 공동체, 정부) 사이에 빈번하게 틈이 벌어집니다. 이런 분파적 이해관계는 지속적인 갈등을 만들어 냄으로써 시민들과 정치 공동체 기구들 사이의 관계를 왜곡시킵니다.

개인적 이기심은 사람들이 조화롭고 자유롭게 살아갈 수 있는 능력과 충돌합니다. 형제애라는 참된 정신으로 이 개인적 이기심을 극복할 수 있습니다. 그 같은 이기심은 사회적으로 증식됩니다. 즉 오늘날 광범위하게 퍼진 수많은 형태의 부패 속에서, 혹은 작은 규모부터 세계적 차원까지 조직된 범죄 조직의 속에서 이 이기심은 자랍니다. 이런 부패 및 범죄 그룹들은 인간의 존엄함 그 자체를 직접 훼손함으로써 법과 정의를 무너뜨립니다. 이런 부패 및 범죄 조직들은 하느님을 드러내 놓고 공격합니다. 그들은 다른 사람에게 상처를 안기며 세상 모든 피조물에 해를 끼칩니다. 무엇보다도 그들이 종교적인 함의를 가질 때는 더욱 그렇습니다.

저는 마약 남용에 관련한 마음 아픈 이야기들을 생각합니다. 마약 남용은 도덕법과 시민법을 무시하고 이익만을 취합니다. 저는 자연의 파괴와 지속적인 오염과 노동 착취라는 비극을 생각합니다. 저는 불법적인 자금 거래와 금융 투기도 생각하는데, 이는 수많은 사람을 빈곤으로 내몰면서 경제와 사회 조직 전체를 약탈할 수 있고 해롭다는 것으로 드러났습니다. 저는 매춘을 생각합니다. 매춘은 매일 수많은 무고한 희생자를 낳습니다. 특히 젊은 이들을 희생시키며 그들에게서 미래를 강탈합니다. 저는 인신매매와 소수자에 대한 폭력과 범죄 같은 극악무도함을 생각합니다. 저는 아직도 지구 곳곳에 남아 있는 노예 노동의 공포를 생각합니다. 이민자들의 비극은 간과되기 일쑤입니다. 많은 이민자들이 파렴치하고 불법적인 행위로 희생됩니다. 요한 23세는 다음과 같이 밝혔습니다. "폭력의 관계에 바탕을 둔 사회에서는 인간적인 것을 찾아볼 수 없다. 그런 사회에서는 사람들의 성장과 완성을 촉진하기보다는 사람들의 자유를 제한하고 억압한다."[*] 그러나

---

[*] 회칙, '지상의 평화' 34항.

인간은 바뀔 수 있습니다. 즉 인간은 절망에 머물지 않고 자신의 삶을 변화시킬 수 있습니다. 저는 이 점이 모든 이에게, 또 끔찍한 범죄를 저지른 사람에게도, 희망과 자신감의 메시지가 되기를 바랍니다. 왜냐하면 하느님은 죄인의 죽음을 바라지 않으시며 그가 회개하여 살기를 바라시기 때문입니다.(에제키엘 18, 23 참조)

인간의 사회적 관계라는 넓은 맥락에서 범죄와 형벌을 볼 때, 아직 많은 감옥이 여전히 비인간적이라고 생각할 수밖에 없습니다. 그곳에 갇혀 있는 이들은 빈번하게 그들의 존엄함을 훼손당하면서 인간 이하의 상태로 떨어지며, 재활의 희망과 열망은 사라집니다. 교회는 이런 곳에서 대부분 조용하게 많은 일을 하고 있습니다. 저는 모든 이가 더 많은 일을 하기를 권고하며 지지를 보냅니다. 이런 영역에서 용감한 많은 이들이 기울이고 있는 노력들에 대해서 공권력이 공정하고 성실하게 지원해 주기를 희망합니다.

자연을 보존하고 가꾸는데 도움이 되는 형제애

9. 인류 가족은 창조주로부터 공동의 선물, 곧 자연을 선물로

받았습니다. 그리스도교의 창조관은 인간이 자연에 개입하는 것을 긍정적으로 보고 있습니다. 단지 조건이 있습니다. 그 개입이 유익하고 책임감 있게 이루어져야 합니다. 즉 자연에 새겨진 '법칙'을 존중하고, 모든 이의 이로움을 위해 자원을 현명하게 사용해야 합니다. 그리고 모든 살아 있는 것들의 아름다움과 유용함과 합목적성과 생태 시스템에서의 위치를 존중해야 합니다. 한마디로 자연은 우리 손에 달려 있습니다. 그리고 우리는 자연에 대해 책임 있는 관리자로 불림을 받았습니다. 그러나 너무나 자주 우리는 탐욕, 정복, 소유, 조작, 그리고 착취의 오만함을 부립니다. 우리는 자연을 보존하지도 않고 존중하지도 않습니다. 자연을 반드시 잘 돌보아야 할 것으로, 미래 세대를 포함한 우리 이웃 형제자매를 위한 축복의 공동의 선물로 여기지도 않습니다.

인류에게 식량을 마련해 주는 농업 분야는 자연 자원을 가꾸고 보호해야 할 중요한 역할을 하는 주요 생산 분야입니다. 이 점에서 세상에서 계속되고 있는 굶주림은 불명예입니다. 저는 이렇게 묻고 싶습니다. '우리는 지구 자원을 어떻게 사용하고 있습니까?' 하고 말입니다. 현대 사회는 어떤 목적으로 무엇을 생산할 것인지 그 우선순위의 체계에 대해 반성해야만 합니다. 모든 사람이 굶주림에서 해방될 수 있는 방식으로 지구 자원을 이용하는 것이야말로 가장 중요한 의무입니다. 그 가능한 해결책과 대책은 많습니다. 그러나 단순히 생산을 늘리는 것만으로 모든 것이 해결된다고 생각해서는 안 됩니다. 현재의 생산량이 충분하다는 것은 이미 잘 알려져 있습니다. 그렇지만 수백만 수천만 사람이 굶주림으로 고통을 받고 죽어 갑니다. 이야말로 수치입니다. 우리는 모든 이가 땅이 주는 열매에서 혜택을 누릴 수 있는 그런 길을 찾아야만 합니다. 더 많이 가진 사람들과 빵 부스러기로라도 만족해야만 하는 사람들 사이에 더 크게 벌어지고 있는 간극을 메우는 것만이 전부가 아닙니다. 무엇보다도 그것은 정의와 평등, 그리고 모든 사람들에 대한 존중에 관한 물음이기 때문입니다. 이 점에서 저는 모든 사람에게 가톨릭 사회 교리의 근본 원리들 가운데 하나인 '모든 재화의 보편 목적의 원리'를 상기시키고자 합니다. 이 원리를 존중하고 실현하는 것은 모든 사람이 자신에게 필요한 필수품에 효과적이며 공정하게 접근할 수 있게 하는 핵심 조건이며, 또 모든 이의 생필품의 권리를 촉진하는 데 핵심 조건이 됩니다.

10. 형제애를 발견해야 하고, 사랑해야 하며, 체험해야 하며, 선포해야 하며, 그리고 증언해야 합니다. 그러나 하느님으로부터 선물로 받은 사랑만이 형제애를 받아들이고 완전하게 체험하게 해 줍니다.

정치와 경제 분야의 현실 행위가 단순히 이상을 도외시하고, 인간의 초월적 차원에는 아무런 관심도 두지 않는, 단순한 기술적 방법쯤으로 환원되어서는 안 됩니다. 하느님을 향한 이 개방성이 결여되었을 때 모든 인간 활동은 황폐해지고 인간은 착취할 수 있는 대상으로 전락하고 맙니다. 정치와 경제도 모든 사람을 각각 사랑하시는 하느님께서 열어 주신 넓은 범위 안에서 움직여야 합니다. 그래야 형제적 사랑의 참된 정신에 기초한 (현세 사물) 질서를 세울 수 있습니다. 그리고 그런 정치와 경제는 통합적인 인간 발전과 평화를 위한 효과적인 도구가 될 것입니다.

우리 그리스도인은 교회 안에서 한 몸을 이루는 지체임을 믿습니다. 모두는 서로를 필요로 합니다. 왜냐하면 각자가 그리스도의 선물에 따라서, 즉 공동선을 위해서 필요한 은총을 받았기 때문입니다.(에페소 4, 7-25; 1코린토 12, 7 참조) 그리스도께서는 우리에게 신적 은총, 즉 그분의 생명을 함께 나눌 가능성을 주시기 위해 이 세상에 오셨습니다. 십자가에서 돌아가시고 부활하신 한 분, 그분께서 우리 모두를 당신께로 부르셨습니다. 그분 안에서 인류는 하느님의 깊고 넓은 사랑을 받았습니다. 하느님의 사랑 때문에 우리는 상호 호혜성, 용서, 완전한 자기 증여로 촘촘하게 엮인 형제적 관계를 이룰 수 있습니다. "내가 너희에게 새 계명을 준다. 서로 사랑하여라. 내가 너희를 사랑한 것처럼 너희도 서로 사랑하여라. 너희가 서로 사랑한다면, 모든 사람이 그것을 보고 너희가 내 제자라는 것을 알게 될 것이다."(요한 13, 34-35) 하느님의 사랑이야말로 모든 사람에게 한 걸음 더 내딛을 것을 요구하는 기쁜 소식입니다. 하느님이 주신 사랑의 힘으로 우리는 지속적으로 공감하고, 고통받는 이와 다른 이들, 나와 멀리 떨어져 있는 이들의 고통과 희망에도 귀를 기울입니다. 우리는 하느님의 사랑의 오솔길을 걷습니다. 하느님의 사랑으로 우리는 형제자매들의 선익을 위해 자유롭게 하느님의 그 사랑을 건네주는 법과 그 사랑을 사용하는 법을 알게 됩니다.

그리스도는 인류 모두를 껴안으며 아무도 잃고 싶어 하지 않습니다. "하느님께서 아들을 세상에 보내신 것은, 세상을 심판하시려는 것이 아니라 세상이 아들을 통하여 구원을 받게 하시려는 것이다."(요한 3, 17) 그분께서는 사람들이 자기 마음과 심장의 문을 열라고 강요하거나 억압하면서 구원의 일을 하지 않으십니다. "너희 가운데에서 가장 높은 사람은 가장 어린 사람처럼 되어야 하고, 지도자는 섬기는 사람처럼 되어야 한다. 그러나 나는 섬기는 사람으로 너희 가운데 있다."(루카 22, 26-27) 그러므로 모든 활동은 사람을, 특히 가장 멀리 있고 가장 알려지지 않은 사람을, 가장 약한 사람을 섬기는 태도로 해야 합니다. 섬김은 평화를 구축하는 형제애의 혼입니다.

예수님의 어머니 마리아여, 당신 아들의 마음에서 샘솟는 형제애를 저희가 이해하고 실천하도록 도와주소서. 그럼으로써 사랑스러운 우리 지구에 사는 모든 사람에게 저희가 평화를 가져다주는 사람이 되게 하소서.

2014년 1월 1일

프란치스코 교황

A
simple lifestyle is
good for us,
helping us
to better
share with
those in need.

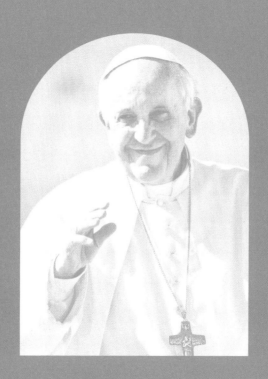

프란치스코 교황
잠언200

Franciscus

1 ——

하느님은 힘이나 권력이 아닌, 갓 태어난 아기처럼 부러질 듯한 연약함 속에서 모습을 드러내십니다.

God does not reveal himself in strength or power, but in the weakness and fragility of a newborn babe.

2 ——

친애하는 젊은이들, 예수님은 여러분의 친구가 되기를, 여러분이 이 우정의 기쁨을 온 사방에 널리 알리기를 바라십니다.

Dear young people, Jesus wants to be your friend, and wants you to spread the joy of this friendship everywhere.

3 ——

우리 중에 죄를 짓지 않았다고 자신할 수 있는 사람이 있을까요? 아무도 없습니다. 하느님께 우리의 죄를 사하여 달라고 기도합시다.

Who among us can presume to be free of sin? No one. Let us ask God to forgive our sins.

4 ——

밥상에 여분의 음식들을 마련해 둡시다. 빈곤하고 굶주린 사람들,

외로운 사람들을 위한 자리를 마련해 둡시다.

Let us leave a spare place at our table: a place for those who lack the basics, who are alone.

5 ——

그리스도의 마음은 사랑으로 스스로를 '비우신' 하느님의 마음입니다. 예수님을 따르는 우리들도 역시 스스로를 비울 준비를 하고 있어야 합니다.

The heart of Christ is the heart of a God who, out of love, "emptied" himself. Each one of us, as Jesuits, who follow Jesus should be ready to empty himself.

6 ——

노인들을 가족에게서 '추방된 사람'으로 취급해서는 안 됩니다. 노인들은 우리 사회의 보물입니다.

No elderly person should be like an "exile" in our families. The elderly are a treasure for our society.

7 ——

주님께서는 우리 마음의 문을 두드리고 계십니다. 혹시 우리는 그 문에 "방해하지 마시오."라고 적힌 팻말을 걸어 두고 있지 않은가요?

The Lord is knocking at the door of our hearts. Have we put a sign on the door saying: "Do not disturb"?

8 ⸺

기도란 얼마나 강력한 것인가요! "주님, 저희에게 평화를 주십시오."라고 주님께 기도할 용기를 절대 잃지 않기를 바랍니다.

How powerful prayer is! May we never lose the courage to say: Lord, give us your peace.

9 ⸺

우리가 스스로 기독교인이라고 말하는 것만으로는 부족합니다. 우리는 믿음으로 살아야 합니다. 말뿐이 아니라 행동으로요.

It is not enough to say we are Christians. We must live the faith, not only with our words, but with our actions.

10 ⸺

우리가 매일 믿음으로 살아간다면, 우리가 세상에서 하는 일 또한 하느님을 믿는 기쁨을 전할 수 있는 기회가 될 것입니다.

If we live the faith in our daily life, then our work too becomes a chance to spread the joy of being a Christian.

11 ——

하느님께 청을 드리는 것은 쉽습니다. 우리 모두가 그렇게 하고 있죠. 하지만 하느님께 감사를 드리고 찬미를 드리는 법은 언제쯤 배우게 될까요?

It is easy to ask God for things; we all do it. When will we also learn to give him thanks and to adore him?

12 ——

우리 인간끼리의 분열은 주님의 몸에 상처를 입힐 뿐이고, 우리가 주님께 자랑스럽게 내보이려 했던 우리의 믿음 역시 무너뜨리는 일입니다.

Our divisions wound Christ's body, they impair the witness which we are called to give to him before the world.

13 ——

자기 자신을 구원할 수 있는 사람은 없습니다. 그렇기에 공동체는 반드시 필요합니다.

No one saves oneself. The community is essential.

14 ——

아픈 이에게 관용을 베푸는 우리들의 태도는 세상의 소금이자 빛입니다. 성모 마리아의 도우심으로 우리가 고통받는 사람들에게 관용을 베풀어 그들이 평화와 위안을 찾을 수 있기를 바랍니다.

The Christian attitude of generosity towards the sick is the salt of the earth and light of the world. May the Virgin Mary help us to practice it, and obtain peace and comfort for those who suffer.

15 ——

이따금씩 우리는 죄의 무게에 짓눌려 우울해집니다. 그래도 용기를 잃지 맙시다. 그리스도께서는 우리의 짐을 덜어 주시고 평화를 주시기 위해 우리에게 오셨으니까요.

Sometimes we are saddened by the weight of our sins. May we not be discouraged. Christ has come to lift this burden and give us peace.

16 ——

노인이 젊은이와 자신의 지혜를 나누는 것은 좋은 일입니다. 젊은이들이 이런 경험과 그것에서 얻은 지혜라는 자산을 '박물관'에 고

이 모셔 두기에는 너무나 아깝습니다. 그것을 발판으로 삼아 자신의 인생에 놓인 도전 과제에, 그리고 교회와 세상의 발전을 위해 쓸 수 있다면 좋은 결과가 생길 테니까요.

It's good for the elderly to communicate their wisdom to the young; and it's good for the young people to gather this wealth of experience and wisdom, and to carry it forward, not so as to safeguard it in a museum, but to carry it forward addressing the challenges that life brings, to carry it forward for the sake of the respective religious orders and of the whole Church.

17 ____

세상은 우리 자신, 우리가 소유한 물건들, 우리의 욕망만을 바라보라고 합니다. 하지만 주님의 말씀은 타인에게 마음을 열고 가난한 자들과 함께 나누라고 합니다.

The world makes us look towards ourselves, our possessions, our desires. The Gospel invites us to be open to others, to share with the poor.

18 ____

우리는 자신에게 마음속에 무엇이 있는지 물어야 합니다. 마음속에 악이 있다면 그것이 밖으로 나와 사악한 일을 할 것이고, 선이 있다면 선한 일을 할 것이기 때문입니다.

We must ask ourselves what is within, because what is inside comes out and harms, if it is evil; and if it is good, it comes out and does good.

19 ──

정치를 하는 모두가 단 두 가지만 기억해 주기를 바랍니다. 바로 인간의 존엄성과 사회 전체의 이익을 말입니다.

I ask everyone with political responsibility to remember two things: human dignity and the common good.

20 ──

명예 훼손의 죄는 십계명에서 제외되었지만, 누군가를 비방하는 것은 여전히 죄입니다.

The sin of defamation had been removed from the Ten Commandments and yet to speak evil of a person is still a sin.

21 ──

절대 희망을 잃지 맙시다! 우리가 아무리 실수와 죄를 저질러도 하느님은 항상 우리를 사랑하십니다.

Let us never lose hope! God loves us always, even with our mistakes and sins.

22

학교에서 학생들을 가르치는 모든 교사에게 감사합시다. 교육은 사랑의 행위입니다. 교육은 생명을 주는 것과 같습니다.

Let us thank all those who teach in Catholic schools. Educating is an act of love; it is like giving life.

폭력과 불의, 그리고 죄. 우리가 이런 악한 것들 앞에서 할 수 있는 것이 아무것도 없다며 속삭이는 악마의 목소리를 믿어서는 안 됩니다.

We must not believe the Evil One when he tells us that there is nothing we can do in the face of violence, injustice and sin.

행복한 결혼 생활을 영위하려면 어떻게 해야 할까요? 주님 안에서 하나가 되십시오. 주님께서는 우리가 모든 역경을 이겨 내도록 우리의 사랑을 항상 새로이 해 주시고 더욱 단단하게 만들어 주십니다.
How to live a good marriage? United to the Lord, who always renews our love and strengthens it to overcome every difficulty.

25 ———

배우자들을 위한 지침 : 항상 서로의 곁을 지키고, 항상 서로를 사랑하며 그렇게 서로에 대한 사랑을 키워 나가세요.
The challenge for Christian spouses: remaining together, knowing how to love one another always, and doing so in a way that their love grows.

26 ———

부활한 예수님을 여러분의 삶에 받아들이십시오. 그동안 예수님에게서 멀리 떨어져 있었더라도 한 발짝만 다가가세요. 예수님은 언제나 두 팔을 활짝 벌리고 여러분을 기다리고 계십니다.
Accept the risen Jesus into your life. Even if you have been far away, take a small step towards him: he awaits you with open arms.

27 ———

자선은 우리가 아낌없이 베푸는 마음을 가질 수 있도록 도와줍니다. 또한 소유에 대한 집착으로부터, 가진 것을 잃는 두려움으로부터, 그리고 자신이 가진 것을 타인과 나누기 싫어하는 애석함으로부터 자유로워지게 해 줍니다.

Almsgiving helps us to experience giving freely, which leads to freedom from the obsession of possessing, from the fear of losing what we have, from the sadness of one who does not wish to share his wealth with others.

28 ――――

진정한 사랑은 계산을 하지 않는 사랑입니다. 이것이 착한 사마리아인이 주는 교훈이고, 예수님이 주는 교훈이지요.

Christian love is loving without counting the cost. This is the lesson of the Good Samaritan; this is the lesson of Jesus.

29 ――――

우리가 하느님에게도, 서로에게도 "고맙습니다."는 말을 자주 할 수 있기를 바랍니다. 우리는 어린아이들에게는 그렇게 하라고 가르치면서, 정작 우리 자신들은 그것을 잊고 있어요!

May we learn to say "thank you" to God and to one another. We teach children to do it, and then we forget to do it ourselves!

예수님은 우리의 희망입니다. 그 무엇도, 악이나 죽음조차도, 예수님의 사랑에서 시작된 구원의 힘에서 우리를 떼어 놓을 수 없습니다.

Jesus is our hope. Nothing not even evil or death is able to separate us from the saving power of his love.

하느님은 우리를 사랑하십니다. 우리는 하느님을 사랑하기를 두려워해서는 안 됩니다. 믿음은 입술과 심장으로, 말과 사랑으로 표현해야 합니다.

God loves us. We must not be afraid to love him. The faith is professed with the lips and with the heart, through words and through love.

주님을 믿는다는 것은 그저 율법만을 따르는 것이 아닙니다. 주님을 믿고 우리의 삶을 맡기고, 주님께서 우리의 삶을 변화시키시는 그대로 두는 것입니다.

Being a Christian is not just about following commandments: it is about letting Christ take possession of our lives and transform them.

33 ——

우리가 하느님의 자녀처럼 행동하고, 하느님이 우리를 사랑하는 것을 안다면, 우리의 삶은 새로워지고 평화와 기쁨으로 가득 찰 것입니다.

If we act like children of God, knowing that he loves us, our lives will be made new, filled with serenity and joy.

34 ——

주님은 우리가 인간의 고통을 어루만지는 것을, 고통받는 다른 이들의 몸까지도 어루만지는 것을 부끄러워하지 말기를 바라셨습니다. (복음의 기쁨 270항)

Jesus teaches us to not be ashamed of touch-ing human misery, of touching his flesh in our brothers and sisters who suffer. (EG 270)

35 ——

하느님을 섬긴다는 것은 하느님과 함께 하는 법을 배우고, 우상을 다 버리고 삶의 중심에 오직 하느님만을 모신다는 뜻입니다.

Worshipping God means learning to be with him, stripping away
our hidden idols and placing him at the centre of our lives.

36 _____

예수님이 승천했다는 것은 예수님이 더 이상 지상에 계시지 않다
는 뜻이 아니라, 이전과는 다른 모습으로 우리 가운데 살아 계시며
우리 개개인에게 더 가까이 계신다는 뜻입니다.

Jesus' ascension into heaven does not mean his absence, but that he
is alive among us in a new way, close to each one of us.

37 _____

우리는 모두 죄인입니다. 하지만 더욱 타락한 죄인이 되지 않기 위
해 주의를 기울여야 합니다. 우리가 죄인이라도 주님은 우리를 용
서하시니까요.

We are all sinners, but we must be careful not to become corrupt!
Sinners we may be, but He forgives us.

38 _____

"내 양은 나의 음성을 알아듣고, 나도 내 양을 알아보느니." 주님의
목소리는 분명했습니다. 목자이신 주님의 목소리는 우리의 인생길

을 이끌어 주십니다.

"The sheep that belong to me listen to my voice and I know them."
The voice of Jesus is unmistakable! He guides us along the path of
life.

39 ——

검소한 삶을 사는 것이 좋습니다. 검소한 삶을 살면 곤궁한 사람들
과 더 잘 나눌 수 있으니까요.

A simple lifestyle is good for us, helping us to better share with
those in need.

40 ——

절망의 소용돌이에 빠져서는 안 됩니다. 믿으십시오. 믿음은 산도
움직일 수 있습니다.

We must not let ourselves fall into the vortex of pessimism. Faith
can move mountains!

41 ——

여러분, 그리스도와 교회의 이름으로 자비를 베푸는 일을 귀찮아
하지 마십시오. 여러분은 병든 사람과 노인들을 성령의 기름 부음

으로 위로해 줄 수 있습니다. 망설이지 말고 그들에게 사랑을 베풀어 주세요.

I ask you in the name of Christ and the Church, never tire of being merciful. You will comfort the sick and the elderly with holy oil: do not hesitate to show tenderness towards the elderly.

42 ———

저는 모든 실업자를 생각하고 있습니다. 어떤 수를 써서라도 자기의 이익만을 챙기려는 자기중심적인 사고방식에 의해 실업자가 된 그들을요.

My thoughts turn to all who are unemployed, often as a result of a self-centered mindset bent on profit at any cost.

43 ———

예수께서 말씀하셨습니다. "나는 양들이 생명을 얻고 더 얻어 그 생명이 풍성해지게 하려고 왔다". 물질적인 것에서가 아닌, 바로 이 말씀에서 우리는 진정한 부를 발견할 수 있습니다!

I have come that they may have life and have it in abundance, says Jesus. This is where true wealth is found, not in material things!

44 _____

성령은 우리가 타인을 새로운 눈으로 보도록, 존경하고 사랑해야
할 형제자매로 보도록 도와줍니다.

The Holy Spirit helps us to view others with fresh eyes, seeing
them always as brothers and sisters in Jesus, to be respected and
loved.

45 _____

위기에 빠져 있을 때에는 자기 안에만 갇혀 있을 것이 아니라 타인
에게 마음을 열고 그 사람을 세심하게 보살피는 것이 좋습니다.

At this time of crisis it is important not to become closed in on
oneself, but rather to be open and attentive towards others.

46 _____

아직도 박해와 폭력으로 인해 고통받는 수많은 사람들을 위해 기
도합시다. 하느님께서 그들에게 믿음을 지킬 용기를 주시기를 기
도합니다.

Let us pray for the many Christians in the world who still suffer
persecution and violence. May God grant them the courage of
fidelity.

47 ——

친애하는 젊은이들, 하느님께서 여러분에게 주신 재능을 묵혀 두지 마세요! 두려워말고 자신의 재능을 발휘하여 위대한 꿈을 꾸세요!

Dear young people, do not bury your talents, the gifts that God has given you! Do not be afraid to dream of great things!

48 ——

'파트 타이머' 종교인이 되어서는 안 됩니다. 우리는 매일 매 순간 믿음으로 살고자 노력해야 합니다.

We cannot be part-time Christians! We should seek to live our faith at every moment of every day.

49 ——

성령은 진실로 우리를 변화시킵니다. 우리가 성령을 온전히 받아들인다면, 성령은 우리가 살고 있는 세상까지 변화시킬 수 있습니다.

The Holy Spirit truly transforms us. With our cooperation, he also wants to transform the world we live in.

50 ——

말씀대로 따르는 삶은 이기심과 싸우는 삶입니다. 하느님의 말씀은 용서이고 평화입니다. 말씀은 하느님에게서 시작되는 사랑입니다.

To live according to the Gospel is to fight against selfishness. The Gospel is forgiveness and peace; it is love that comes from God.

51 ——

친애하는 젊은이들, 세상은 여러분이 위대한 일을 행하고 너그러운 마음을 보이기를 기대하고 있습니다. 목표를 높이 갖는 것에 대해 두려워하지 마세요.

Dear young people, the Church expects great things of you and your generosity. Don't be afraid to aim high.

52 ——

우리가 하루를 마무리할 때 "오늘 나는 타인에게 사랑을 베풀었어!"라고 말할 수 있다면 얼마나 멋질까요.

How marvellous it would be if, at the end of the day, each of us could say: today I have performed an act of charity towards others!

53 ——

우리의 마음이 자신의 이익과 걱정에 사로잡힐 때마다, 어려운 사람을 위해 내어 줄 자리는 점점 사라집니다.

Whenever our interior life becomes caught up in its own interests and concerns, there is no longer room for others, no place for the poor.

54 ———

세상은 우리에게 성공과 권력, 돈을 추구하라고 말합니다. 하지만 하느님은 우리에게 겸손함과 봉사, 사랑을 추구하라고 말씀하시지요.
The world tells us to seek success, power and money; God tells us to seek humility, service and love.

55 ———

우리는 때때로 무엇을 해야 하는지 알면서도 용기가 부족해 실행에 옮기지 못합니다. 성모 마리아를 본받아 결단을 내리고 주님을 믿는 법을 배웁시다.
Sometimes we know what we have to do, but we lack the courage to do it. Let us learn from Mary how to make decisions, trusting in the Lord.

56 ———

만물을 돌보는 것은 단순히 하느님께서 역사가 시작되는 때에 하신 말씀에 그치는 것이 아닙니다. 하느님께서는 우리 각자에게 그 임무를 맡기도록 계획하셨습니다.

Care of creation is not just something God spoke of at the dawn of history: he entrusts it to each of us as part of his plan.

57 ____

우리는 소비주의에 젖어 낭비하는 것에 익숙해져 있습니다. 특히 음식을 버리는 것은 가난하고 배고픈 사람들이 먹을 음식을 우리가 훔치는 것과 같다는 사실을 명심하세요.

Consumerism has accustomed us to waste. But throwing food away is like stealing it from the poor and hungry.

58 ____

우리가 하느님의 계획이 아닌 인간의 계획에 따라 통합을 이루려 한다면, 결국에는 획일적이고 규격화된 인간들로 가득하게 될 것입니다.

When we are the ones who want to build unity in accordance with our human plans, we end up creating uniformity, standardization.

59 ____

누군가에게 화가 나 있습니까? 그 사람을 위해 기도하세요. 그것이 바로 주님이 가르쳐 주신 사랑입니다.

Are you angry with someone? Pray for that person. That is what Christian love is.

60 ——

예수님 안에서 삶의 의미를 발견한 사람이라면, 고통받고 슬퍼하는 사람들에게 무심할 수는 없습니다.

If we have found in Jesus meaning for our own lives, we cannot be indifferent to those who are suffering and sad.

61 ——

우리는 모두 죄인입니다. 비록 우리가 죄인일지라도, 주님의 도우심으로 우리가 위선자마저 되지는 않기를 기도합니다. 위선자는 용서와 기쁨, 하느님이 주신 사랑의 의미도 알지 못하니까요.

We are all sinners. But may the Lord not let us be hypocrites. Hypocrites don't know the meaning of forgiveness, joy and the love of God.

62 ——

우리의 생각과 느낌, 혹은 인간의 사고에만 빠져 있으면 하느님의 가르침과 인도하심, 그리고 믿음을 순순히 받아들이지 못하고 걸림돌이 되고 맙니다.

Whenever we let our thoughts, our feelings or the logic of human power prevail, and we do not let ourselves be taught and guided by faith, by God, we become stumbling blocks.

63 ——

관용과 인내, 너그러운 마음은 아주 아름다운 재능입니다. 여러분이 이 아름다운 재능을 가지고 있다면, 그것을 타인과 나누고 싶을 것입니다.

Charity, patience and tenderness are very beautiful gifts. If you have them, you want to share them with others.

64 ——

어떤 사회가 훌륭한가를 판단하려면 그 사회가 가장 필요로 하는 사람, 그리고 가난 말고는 아무 것도 가진 것이 없는 사람을 어떻게 대하느냐를 보면 됩니다.

The measure of the greatness of a society is found in the way it treats those most in need, those who have nothing apart from their poverty.

65 ——

주님이라는 반석에서 떨어진다면 우리는 제대로 살아갈 수 없습니다. 주님은 우리에게 힘과 안정뿐 아니라 기쁨과 평온까지 주시니까요.

We cannot live as Christians separate from the rock who is Christ. He gives us strength and stability, but also joy and serenity.

66 ——

그리스도의 사랑과 우정은 결코 환상이 아닙니다. 예수님은 십자가 위에서 그리스도의 사랑과 우정이 진짜라는 것을 보여 주셨지요.

Christ's love and friendship are no illusion. On the Cross Jesus showed how real they are.

67 ——

예수님은 우리의 친구 그 이상입니다. 예수님은 우리를 행복으로 향하는 길로 인도하시는 진리와 생명의 스승입니다.

Jesus is more than a friend. He is a teacher of truth and life who shows us the way that leads to happiness.

68 ——

주님과 함께하는 사람은 항상 희망으로 가득합니다. 주님과 함께한다면 절대 낙담해서는 안 됩니다.

Christians are always full of hope; they should never get discouraged.

69 ——

주님을 믿는 우리에게는 생명이란 우연의 산물이 아니라, 하느님의 계획하심과 개인적인 사랑이 맺은 결실입니다.

For a Christian, life is not the product of mere chance, but the fruit of a call and personal love.

70 ——

모두에 대한 기도와 겸손, 그리고 자선은 우리의 삶에 필수적인 것입니다. 이것들은 우리를 영성으로 향하게 하는 길입니다.

Prayer, humility, and charity toward all are essential in the Christian life: they are the way to holiness.

71 ——

주님은 위험도 마다하지 않는 사람들에게는 실망을 시키지 않으십니다. 주님께 한 발 다가설 때마다, 주님께서는 이미 그곳에서 양팔을 활짝 벌리고 우리를 기다리고 계신답니다.

The Lord does not disappoint those who take this risk; whenever we take a step towards Jesus, we come to realize that he is already there, waiting for us with open arms.

72 ——

이기심은 거짓말로 이어집니다. 자기 자신과 주변 사람들을 속이려 하기 때문이죠. 하지만 하느님은 속지 않으십니다.

Selfishness leads to lies, as we attempt to deceive ourselves and those around us. But God cannot be deceived.

73 ——

하느님은 생명의 근원입니다. 인간은 하느님의 숨결로 생명이 시작되었습니다. 하느님의 숨결은 거친 세상에서 살아가는 우리의 삶을 지탱해 줍니다.

God is the source of life; thanks to his breath, man has life. God's breath sustains the entire journey of our life on earth.

74 ——

견고한 믿음을 가진 자는 가만히 있거나 고립되어 있지 않고, 나아가 믿음을 증거하고 모든 사람들과 대화를 나누기 마련입니다.

The security of faith does not make us motionless or close us off, but sends us forth to bear witness and to dialogue with all people.

75 ____

저는 예수님을 추구하고 예수님을 모십니다. 예수님께서 저를 먼저 추구하셨고, 예수님께서 저를 설득하셨으니까요. 이 사실을 안다면 신앙생활에 도움이 될 것입니다.

I seek Jesus, I serve Jesus because he sought me first, because I was won over by him: and this is the heart of our experience.

76 ____

우리 인간들은 약하고 부서지기 쉬운 토기와 같습니다. 하지만 우리 내부에는 엄청난 보물이 담겨져 있습니다.

We are all jars of clay, fragile and poor, yet we carry within us an immense treasure.

77 ____

희망이 없다면 우리는 주님과 함께하는 사람이 아닙니다. 희망을 잃지 마세요.

If there is no hope, we are not Christian. Do not allow yourselves to be robbed of hope.

78

끝없이 진실을 추구하고 하느님을 좇으면, 하느님을 더 온전히 알게 되고 다른 사람들도 하느님을 알도록 도와줄 수 있습니다.

The restlessness of seeking the truth, of seeking God, became the restlessness to know him ever better and of coming out of himself to make others know him.

끝없는 사랑은 타인이 사랑을 필요로 하기 전에 항상 먼저 다가가게 만드는 자극제입니다.

The restlessness of love is always an incentive to go towards the other, without waiting for the other to manifest his need.

80

하느님의 세상은 서로에게 책임감을 느끼고, 서로가 행복하기를 바라는 세상입니다.

God's world is a world where everyone feels responsible for the other, for the good of the other.

81 ——

하느님이 창조하신 이 세상은 우리에게 경외심을 안겨 주는 아름
다움을 간직하고 있으며 언제나 훌륭합니다.

Creation retains its beauty which fills us with awe and it remains a
good work.

82 ——

주님께서는 우리에게 스스로가 정한 굴레에서 벗어나 한 걸음 더
나아가라고 가르치십니다. 그리고 거리로 나가 당신의 사랑을 보
여 주라 하셨습니다.

Lord, teach us to step outside ourselves. Teach us to go out into the
streets and manifest your love.

83 ——

하느님에게 용서를 구하는 것을 주저하지 마십시오. 그분은 언제
나 한없는 사랑으로 우리를 용서하십니다. 하느님은 순수한 자비
그 자체이십니다.

Don't be afraid to ask God for forgiveness. He never tires of
forgiving us. God is pure mercy.

세상에 저렴한 신앙이라는 것은 존재하지 않습니다. 주님을 따른다는 것은 대세를 거스르며 사악한 마음과 이기심을 버리는 것입니다.

There is no such thing as low-cost Christianity. Following Jesus means swimming against the tide, renouncing evil and selfishness.

오늘날 세계에는 곤경에 처한 사람들이 수없이 많습니다. 그런 사람들을 제쳐 두고 혹시 자신의 문제에만 몰두하고 있지 않은가요? 도움이 필요한 사람들을 신경 쓰고 있나요?

There are many people in need in today's world. Am I self-absorbed in my own concerns or am I aware of those who need help?

주님을 믿는 우리 삶의 비결은 사랑입니다. 사랑만이 악으로 인해 비워진 공간들을 채워 줍니다.

The secret of Christian living is love. Only love fills the empty spaces caused by evil.

87

십자가의 신비, 사랑의 신비는 기도 안에서만 이해할 수 있습니다.
십자가 앞에서 무릎을 꿇고 기도하고 눈물을 흘리세요.

The mystery of the Cross, a mystery of love, can only be understood
in prayer. Pray and weep, kneeling before the Cross.

아직 주님의 품 안에 들어가지 못한 사람들에게 커다란 관심을 베
푸세요. 그 사람들 역시 주님께서 여러분에게 맡긴 사람들입니다.
그들을 위해 기도를 아주 많이 해 주세요.

Pay great attention to those who do not yet belong to the one fold
of Christ; they too are commended to you in the Lord. Pray much
for them.

89

악에 직면했을 때 포기하지 마세요. 하느님은 사랑이며, 하느님은
그리스도의 죽음과 부활을 통해 악을 물리치셨습니다.

We cannot give up in the face of evil. God is Love and he has
defeated evil through Christ's death and resurrection.

90 ——

십자가는 패배나 실패를 상징하는 것이 아닙니다. 십자가는 우리에게 악과 죄를 극복한 '사랑'을 보여 주는 것입니다.

The crucifix does not signify defeat or failure. It reveals to us the Love that overcomes evil and sin.

91 ——

우리는 무관심이 일반화된 세계에 너무 자주 노출되어 있습니다. 이런 사회 대신 우리가 세계를 결속시킬 수 있기를 바랍니다.

Too often we participate in the globalization of indifference. May we strive instead to live global solidarity.

92 ——

복음의 기쁨은 예수님을 만나는 모두의 마음과 삶을 채웁니다. 예수님의 구원을 받아들이는 사람은 죄와 슬픔, 내면의 공허함과 외로움에서 자유로워집니다.

The joy of the gospel fills the hearts and lives of all who encounter Jesus. Those who accept his offer of salvation are set free from sin, sorrow, inner emptiness and loneliness.

93

나약해진 순간에도, 죄를 지었을 때에도 항상 주님과 함께 걸으세
요. 우리는 결코 힘든 순간에도 독단적인 선택으로 주님을 외면해
서는 안 됩니다.

Walk with the Lord always, even at moments of weakness, even in
our sins. Never to prefer a makeshift path of our own.

주님에게 무언가를 부탁하며 기도는 쉽게 하면서도, 주님에게 나
아가 감사하다는 말은 과연 잘하고 있나요? "뭐, 그럴 필요 있겠
어."라는 생각을 하고 있지는 않나요?

It is easy to approach the Lord to ask for something, but to go and
thank him: "Well, I don't need to."

95

예수님이 상처들을 간직하고 계시는 이유는 우리가 그분의 사랑과
자비를 체험하기를 바라시기 때문입니다. 그 상처는 우리의 힘이
자 희망입니다.

Jesus kept his wounds so that we would experience his mercy. This
is our strength and our hope.

삶에는 고난의 순간이 찾아오지만, 희망을 품는다면 앞으로 나아
가 우리를 기다리는 미래를 바라볼 수 있습니다.

There are difficult moments in life, but with hope the soul goes
forward and looks ahead to what awaits us.

97 ———

우리의 죄를 고백하는 것은 어려운 일일지 모르나, 죄를 고백하고
나면 우리에게 평화가 찾아옵니다. 우리는 죄인이며, 그렇기에 우
리에게는 하느님의 용서가 필요합니다.

Confessing our sins may be difficult for us, but it brings us peace.
We are sinners, and we need God's forgiveness.

98 ———

주님은 우리에게 언제나 더 많은 것을 허락해 주시고, 아주 관대하
시며, 우리가 요구한 것보다 항상 더 많은 것을 주십니다. 여러분
이 주님께 자신을 기억해 달라고 부탁하면 주님은 흔쾌히 여러분
을 당신의 천국으로 데려가실 겁니다.

The Lord always grants more, he is so generous, he always gives
more than what he has been asked: you ask him to remember you,

and he brings you into his kingdom!

99

세상에서 말하는 의견에 따르지 않고 주님의 윤리와 율법을 준수한다면, 세상의 말을 거스를 수 있는 용기를 얻게 될 것입니다.

If you do not allow yourselves to be conditioned by prevailing opinions, but rather remain faithful to Christian ethical and religious principles, you will find the courage to go against the tide.

하느님의 사랑은 포괄적이지 않습니다. 개별적이지요. 하느님은 모든 인간을 사랑으로 굽어보시고, 한 명 한 명 이름을 불러 주십니다.

The love of God is not generic. God looks with love upon every man and woman, calling them by name.

101

가난하게 태어나신 하느님의 아들의 겸손함을 묵상합시다. 약한 사람들과 함께 나눔으로서 그분을 본받읍시다.

Let us contemplate the humility of the Son of God born into poverty. Let us imitate him by sharing with those who are weak.

102 ——

우리는 불안정한 인간이며, 또한 우리 모두는 모순되고 변덕스러운 인간, 즉 죄인입니다. 하지만 우리는 예수님께서 지켜보시는 가운데 여정을 하고 싶어 하는 인간이기도 하지요.

We are men in tension, we are also contradictory and inconsistent men, sinners, all of us. But we are men who want to journey under Jesus' gaze.

103 ——

언제나 주님에게 감사합시다. 특히 주님의 인내심과 자비로우심에 감사합시다.

May we always say thank you to God, especially for his patience and mercy.

104 ——

모든 인간의 운명은 동방박사의 여정으로 상징됩니다. 우리의 인생은 여정입니다. 우리는 길을 밝혀주는 빛을 따라 주님 안의 풍요로운 진실과 사랑, 즉 세상의 빛을 찾기 위한 여정을 하고 있습니다.

The destiny of every person is symbolized in this journey of the Magi of the East: our life is a journey, illuminated by the lights which brighten our way, to find the fullness of truth and love which we Christians recognize in Jesus, the Light of the World.

105 ——

평화를 위해 기도합시다. 그리고 우리 가정에서부터 평화를 이룩합시다!

Let us pray for peace, and let us bring it about, starting in our own homes!

106 ——

전쟁은 너무나도 많은 사람들의 삶을 파괴합니다. 특히 어린 시절을 빼앗긴 어린아이들을 생각하면 마음이 아픕니다.

Wars shatter so many lives. I think especially of children robbed of their childhood.

251

107 ——

예수님은 우리를 구원하러, 우리의 죄를 사하러 오셨습니다. 저의 죄, 여러분의 죄, 그리고 온 세상의 죄를 사하러 오셨습니다. 모두의 죄를, 모두의 죄를 말입니다.

Jesus came to save us, to take away sin. Mine, yours and that of the whole world: all of it, all of it.

108 ——

성모마리아와 같이 우리도 크리스마스에는 우리 안에 있는 빛을 소중히 간직하기를 바랍니다. 우리가 그 빛을 일상생활의 모든 곳으로 가져가기를 바랍니다.

Like Mary, may we nurture the light born within us at Christmas. May we carry it everywhere in our daily lives.

109 ——

친애하는 젊은이들, 평범한 삶에 만족하지 맙시다. 진실하고 아름다운 것에, 하느님에 경탄합시다!

Dear young people, let us not be satisfied with a mediocre life. Be amazed by what is true and beautiful, what is of God!

110 ——

기독교의 통합을 위해 기도합시다. 우리를 하나로 만들어주는 아름다운 것들이 아주 많습니다.

Let us pray for Christian unity. There are so many beautiful things which unite us.

111 ——

병자에게 관대한 기독교인의 태도는 지상의 소금이자 세상의 빛입니다. 성모 마리아의 도우심으로 우리가 관대함을 베풀어 고통받는 사람들에게 평화와 위안을 안겨줄 수 있기를 바랍니다

The Christian attitude of generosity towards the sick is the salt of the earth and light of the world. May the Virgin Mary help us to practice it, and obtain peace and comfort for those who suffer.

112 ——

저는 미소 짓는 법을 모르는 기독교인은 상상도 할 수 없습니다. 기쁜 마음으로 믿음을 증거합시다.

I cannot imagine a Christian who does not know how to smile. May we joyfully witness to our faith.

113 ——

믿을 수 있는 친구를 두는 것은 중요합니다. 하지만 주님을 믿는 것은 필수적이죠. 주님은 절대 우리를 실망시키지 않으시니까요.

It is important to have friends we can trust. But it is essential to trust the Lord, who never lets us down.

114 ——

친애하는 젊은이들, 예수님은 우리에게 삶을, 풍요로운 삶을 주십니다. 예수님께 가까이 다가가면, 우리의 마음에는 기쁨이 가득차고 얼굴에는 미소가 떠오를 것입니다.

Dear young people, Jesus gives us life, life in abundance. If we are close to him we will have joy in our hearts and a smile on our face.

115 ——

우리 마음을 하느님의 사랑으로 가득 채운다면 얼마나 근사한 삶을 살 수 있겠습니까!

What zest life acquires when we allow ourselves to be filled by the love of God!

관대함과 남모르는 희생으로 헌신하는 선량하고 신앙심 깊은 사제
들을 위해 기도합시다.

Let us pray for all good and faithful priests who dedicate themselves
to their people with generosity and unknown sacrifices.

117 ——

저는 병들고 고통받는 사람들 모두를 환영합니다. 십자가에 못 박
히신 그리스도께서 여러분과 함께하고 계십니다. 그분을 의지하십
시오!

I greet all those who are sick and suffering. Christ Crucified is with
you; cling to him!

118 ——

예수님은 한가운데 계십니다. 모든 것을 움직이고, 모두를 아버지
의 집인 성전으로 끌어 모으는 분이 바로 예수님이십니다.

Jesus is at the centre. It is he who moves everything, who draws all
of them to the Temple, the house of his Father.

119

친애하는 젊은이들, 결혼하기를 두려워하지 마세요. 충실하고 결
실이 있는 결혼생활은 여러분에게 행복을 안겨줄 것입니다.

Dear young people, don't be afraid to marry. A faithful and fruitful
marriage will bring you happiness.

현재 폭력과 추방, 전쟁을 겪고 있는 사람들에게 평화와 화해가 깃
들기를 기도합시다

Let us invoke peace and reconciliation for those peoples presently
experiencing violence, exclusion and war.

몸이 아픈 분들, 아무리 심한 고통에 시달려도 희망을 잃지 마십시
오. 주 그리스도께서 여러분 곁에 계십니다.

To all who are sick, do not lose hope, especially when your suffering
is at its worst. Christ is near you.

122

그리스도께 기도하는 법, 용서하는 법, 평화를 퍼트리는 법, 그리고

가난한 사람들 곁에 있어주는 법을 배웁시다.

Let us learn from Christ how to pray, to forgive, to sow peace, and to be near those in need.

123 ____

주 예수님, 우리도 당신처럼 사랑을 베풀게 해 주십시오.

Lord Jesus, make us capable of loving as you love.

124 ____

봉사야말로 진정한 힘입니다. 교황은 모두를 위해, 특히 가난한 자와 병든 자, 약한 자를 위해 봉사해야 합니다.

True power is service. The Pope must serve all people, especially the poor, the weak, the vulnerable.

125 ____

성모 마리아는 항상 우리 곁에 계십니다. 특히 우리가 삶의 무게에 짓눌려 신음할 때는 반드시 우리 곁에 계십니다.

Our Lady is always close to us, especially when we feel the weight of life with all its problems.

세례를 받은 우리 모두는 예수님의 제자입니다. 우리는 세상의 살아있는 복음이 되라는 소명을 받은 것입니다.

All of us who are baptized are missionary disciples. We are called to become a living Gospel in the world.

우리의 삶에 그리스도의 자리를 마련해둡시다. 서로를 아끼고 하느님이 창조하신 만물을 지키는 사랑의 수호자가 됩시다.

Let us keep a place for Christ in our lives, let us care for one another and let us be loving custodians of creation.

가족 안에서는 도움이 필요한 사람을 돌보는 것이 당연한 일입니다. 약해지는 것을 두려워하지 마세요!

In a family it is normal to take charge of those who need help. Do not be afraid of frailty!

삶을 살아가는 동안 우리 모두는 수많은 실수를 저지릅니다. 우리의 실수를 인식하고 용서를 구하는 법을 배웁시다.

In life we all make many mistakes. Let us learn to recognize our errors and ask forgiveness.

130 ——

박해받는 기독교인이 악에 선으로 답할 수 있도록 그들을 위해 기도합시다.

Let us pray for Christians who are victims of persecution, so that they may know how to respond to evil with good.

131 ——

우리의 가장 큰 기쁨은 그리스도에게서 나옵니다. 항상 그리스도와 함께하며, 그분과 함께 걷고, 그분의 제자가 되세요.

Our deepest joy comes from Christ: remaining with him, walking with him, being his disciples.

132 ——

예수님과 함께하려면 우리는 스스로에게서, 지루한 삶과 습관적인 믿음에서 벗어나야 합니다.

Being with Jesus demands that we go out from ourselves, and from living a tired and habitual faith.

133 _____

매일 같이 벌어지는 권력 다툼을 바라보면서 전 생각합니다. 이 사람들이 전지전능한 창조주 하느님 놀음을 하고 있구나.

In the little daily scene, as I look at some of the power struggles to occupy spaces, I think: these people are playing God the Creator.

134 _____

기도는 기독교인과 믿음이 있는 모두의 힘입니다.

Prayer is the strength of the Christian and of every person who believes.

135 _____

단식은 보장된 미래에 의문을 품게 하고, 타인에게 이익을 안겨주는 길로 나아가게 하고, 곤경에 빠진 형제를 위해 무릎을 꿇고 보살펴준 선한 사마리아인과 같은 태도를 기르도록 도와주는 것이어야 합니다.

Fasting makes sense if it questions our security, and if it also leads to some benefit for others, if it helps us to cultivate the style of the

Good Samaritan, who bends down to his brother in need and takes care of him.

136 ____

기독교인의 가장 큰 의무는 하느님의 말씀, 즉 예수님의 말씀에 귀를 기울이는 것입니다. 예수님은 우리에게 말씀을 하시고, 그 말씀으로 우리를 구원하시기 때문입니다.

The first duty of the Christian is to listen to the Word of God, to listen to Jesus, because he speaks to us and he saves us by his word.

137 ____

예수님의 말씀을 들으세요. 예수님의 말씀은 우리의 마음으로 들어와 우리의 믿음을 더욱 단단하게 만들어줍니다.

Hearing Jesus, and each day Jesus' word enters our hearts and makes us stronger in faith.

138 ____

질병과 죽음은 금기시 할 주제가 아닙니다. 그것들은 우리가 주님 안에서 직시해야 할 현실입니다.

Sickness and death are not taboo subjects. They are realities that we must face in Jesus' presence.

139 _____

예수님의 말씀은 영혼에 가장 영양가 높은 음식입니다. 예수님의
말씀은 우리의 영혼을 살찌우고, 우리의 믿음을 살찌웁니다!

Jesus' word is the most nourishing food for the soul: it nourishes
our souls, it nourishes our faith!

140 _____

예수님은 우리 죄인들에게서 결코 멀리 계시지 않습니다. 예수님
은 우리에게 모든 자비를 한껏 쏟아부어주시려 합니다.

Jesus is never far from us sinners. He wants to pour out on us,
without limit, all of his mercy.

141 _____

열의 없는 제자가 되지 맙시다. 교회가 진실을 증거하려면 우리가
용기를 내야 합니다.

We cannot be tepid disciples. The Church needs our courage in
order to give witness to truth.

142

우리는 하느님의 자리를 남겨놓지 않은 사회에서 살고 있습니다.
매일 같이 이러한 사회에서 살다 보면 우리의 마음이 무감각해지
고 말죠.

We live in a society that leaves no room for God; day by day this
numbs our hearts.

우리를 굽어보시는 예수님의 눈길은 얼마나 아름답습니까. 얼마나
상냥하기 이를 데 없습니까! 하느님의 인내심과 자비에 대한 믿음
을 절대 잃지 맙시다.

How beautiful is the gaze with which Jesus regards us – how full
of tenderness! Let us never lose trust in the patience and mercy of
God.

친애하는 부모님들, 자녀들에게 기도하는 법을 가르치세요. 자녀
들과 함께 기도하세요.

Dear parents, teach your children to pray. Pray with them.

145 ——

우리 주변의 가난과 부패에 절대 익숙해지지 말아야 합니다. 기독 교인이라면 반드시 행동해야 합니다.

May we never get used to the poverty and decay around us. A Christian must act.

146 ——

예수님과 함께하면 우리의 삶은 풍요로워집니다. 예수님과 함께하 면 모든 것을 이해할 수 있습니다. (복음의 기쁨 266항)

With Jesus our life becomes full. With him everything makes sense. (EG 266)

147 ——

우리는 복음 안에서 매일 예수님이 우리에게 하시는 말씀을 들을 수 있습니다. 언제나 작은 복음서 하나를 가지고 다닙시다!

In the Gospel we can hear Jesus speaking to us every day: may we always carry with us a small copy of the Gospel!

148 ——

주님께서 우리의 미적지근하고 피상적인 삶을 뒤흔들어 주시니 이 얼마나 고마운 일입니까.

How good it is for us when the Lord unsettles our lukewarm and superficial lives.

149 ——

우리는 묵상하는 영혼을 되찾아, 하느님의 사랑으로 우리의 마음을 따뜻하게 덥혀야 합니다.

We need to rediscover a contemplative spirit, so that the love of God may warm our hearts.

150 ——

잊지 맙시다. 우리는 예수님의 말씀을 전파해야 하며, 우리의 삶은 우리가 전파하는 예수님의 말씀의 증거가 되어야 합니다.

Let us not forget: if we are to proclaim the Gospel of Jesus, our lives must bear witness to what we preach.

151 ——

하느님에 대한 믿음만이 의심을 확신으로, 악을 선으로, 밤을 빛나는 새벽으로 바꿀 수 있습니다.

Only trust in God can transform doubts into certainty, evil into good, night into radiant dawn.

152 ——

십자가 앞에 선다는 것, 사랑으로 가득 한 주님의 눈길 아래 선다는 것은 얼마나 아름다운 일입니까. (복음의 기쁨 264항)

How beautiful it is to stand before the Crucifix, simply to be under the Lord's gaze, so full of love. (EG 264)

153 ——

예수님과 만날 때마다 우리의 삶은 변화합니다.

Each encounter with Jesus changes our life.

154 ——

하느님의 영광 안에 들어가려면 희생을 감수하고서라도 하느님의 의지를 매일같이 충실히 따라야 합니다.

To enter into the glory of God demands daily fidelity to his will, even when it requires sacrifice.

155 ——

예수님의 길을 따르는 것은 쉬운 일이 아닙니다. 예수님께서 선택하신 길은 십자가의 길이니까요.

It is not easy to follow Jesus closely, because the path he chooses is the way of the Cross.

156 ——

오로지 주님의 힘만이, 주님의 힘만이 우리가 위축된 마음, 죄의 무덤에서 나오게 도울 수 있습니다.

Only the power of Jesus, the power of Jesus can help us come out of these atrophied zones of the heart, these tombs of sin, which we all have.

157 ——

예수님과의 만남은 우리를 오로지 하느님만이 줄 수 있는 커다란 기쁨으로 채워줍니다.

TEach encounter with Jesus fills us with joy, with that deep joy which only God can give.

158 ——

우리 모두는 사랑과 진실, 생명을 열망합니다. 주님이야말로 풍요
로운 사랑과 진실, 생명 그 자체입니다!

Each one of us longs for love, for truth, for life – and Jesus is all of
these things in abundance!

159 ——

가난한 자와 사회의 정의에 대한 걱정에서 예외인 사람은 한 명도
없습니다. (복음의 기쁨 201항)

None of us can think we are exempt from concern for the poor and
for social justice (EG 201).

160 ——

성모 마리아는 "예." 하고 말씀하시는 분입니다.

성모 마리아님, 우리가 주님의 목소리를 더욱 잘 듣고 그 목소리를
따르게 도와주십시오.

Mary is the one who says "Yes."

Mary, help us to come to know the voice of Jesus better, and to
follow it.

161 ——

불평등은 사회악의 근원입니다.

Inequality is the root of social evil.

162 ——

기도와 성사를 통해 믿음의 불꽃이 꺼지지 않도록 합시다. 하느님을 잊지 않도록 명심합시다.

Let us keep the flame of faith alive through prayer and the sacraments: let us make sure we do not forget God.

163 ——

친애하는 젊은이들, 성 요셉에게서 배우세요. 성 요셉은 고난의 시기를 겪었지만, 언제나 믿음을 잃지 않았고 역경을 극복했습니다.

Dear young friends, learn from Saint Joseph. He went through difficult times, but he always trusted, and he knew how to overcome adversity.

164 ——

5월에는 온 가족이 함께 묵주 기도를 드리는 게 어떨까요? 기도는 가족의 인생을 튼튼하게 만들어 준답니다.

It would be a good idea, during May, for families to say the Rosary together. Prayer strengthens family life.

165 ——

성모 마리아께 우리가 일상생활에서 믿음을 실행에 옮기고 주님의 자리를 더 많이 마련할 수 있는 방법을 가르쳐 주십사 부탁합시다.

Let us ask Our Lady to teach us how to live out our faith in our daily lives and to make more room for the Lord.

166 ——

하느님이 사랑의 증거인 한 모든 기독교인은 선교사입니다. 하느님의 다정함을 전파하는 선교사가 되십시오

Every Christian is a missionary to the extent that he or she bears witness to God's love. Be missionaries of God's tenderness!

167 ——

우리가 기독교인의 삶의 모든 영역에서 주님의 자비와 사랑의 빛나는 증거가 될 수 있도록 도와주십사 주님께 간청합시다.

Let us ask our Lord to help us bear shining witness to his mercy and his love in every area of our Christian lives.

168 _____

평범한 기독교인의 삶에 만족하지 마세요. 단호하게 영성의 길을
따라 걸으세요.

Do not be content to live a mediocre Christian life: walk with
determination along the path of holiness.

169 _____

성령은 우리의 마음에 가장 귀한 선물을 가져다주십니다. 바로 하
느님의 사랑과 자비에 대한 깊은 믿음이죠.

The Holy Spirit brings to our hearts a most precious gift: profound
trust in God's love and mercy.

170 _____

나는 매일 같이 그리스도께 충실한가요? 나는 공손하게 믿음뿐 아
니라 용기도 "보여줄 수" 있나요?

Am I faithful to Christ in my daily life? Am I able to "show" my
faith with respect but also with courage?

171 _____

생명을 주시는 건 하느님이십니다. 인간의 생명을, 특히 어머니의

자궁 안에 있는 약한 생명을 존중하고 사랑합시다.

It is God who gives life. Let us respect and love human life, especially vulnerable life in a mother's womb.

172 ——

우리의 삶이 하느님의 현존으로 충만한가요? 매일 같이 우리의 삶에서 하느님의 자리를 앗아가는 것들이 얼마나 많습니까?

Are our lives truly filled with the presence of God? How many things take the place of God in my life each day?

173 ——

우리는 아무런 조건 없이 그리스도를 받아들인 성모 마리아를 본받아야 합니다.

We must learn from Mary, and we must imitate her unconditional readiness to receive Christ in her life.

174 ——

성령은 진실로 우리를 변화시킵니다. 우리가 협조를 한다면, 성령은 또한 우리가 살고 있는 세상도 변화시킬 수 있습니다.

The Holy Spirit truly transforms us. With our cooperation, he also wants to transform the world we live in.

175 ——

부활한 그리스도께서 제자들에게 주신 희망과 기쁨. 그 희망과 기쁨은 그 무엇도, 그 누구도 앗아갈 수 없습니다.

The hope and the joy which the risen Christ bestows on his disciples, the hope and the joy which nothing and no one can take from them.

176 ——

나는 화해와 사랑이라는 복음의 메시지를 내가 살고 일하는 곳에 불어넣고 있나요?

Do I take the Gospel message of reconciliation and love into the places where I live and work?

177 ——

주 예수님을 사랑하는 사람은 누구나 마음으로 예수님과 예수님의 아버지를 환영하고, 성령의 도우심으로 마음과 삶에 복음을 받아들입니다.

Whoever loves the Lord Jesus welcomes him and his Father

interiorly, and thanks to the Holy Spirit receives the Gospel in his or her heart and life.

178 ———

기적은 일어납니다. 하지만 기도를 드려야 하지요! 형식적인 기도가 아니라 용기 있고 노력하고 끈기 있는 기도를요.

Miracles happen. But prayer is needed! Prayer that is courageous, struggling and persevering, not prayer that is a mere formality.

179 ———

우리 모두는 마음 한 구석에 불신을 품고 있습니다. 주님께 이렇게 말씀드립시다. 저는 믿습니다! 제가 불신을 없애도록 도와주십시오.

We all have in our hearts some areas of unbelief. Let us say to the Lord: I believe! Help my unbelief.

180 ———

우리가 이기심에 굴복해 하느님께 "아니오."라고 말할 때마다, 주님께서 우리를 위해 마련하신 계획을 망치는 것입니다.

Every time we give in to selfishness and say "No" to God, we spoil his loving plan for us.

181 ——

교회는 십자가 위의 숭고한 사랑, 예수님의 옆구리 상처에서 태어났습니다. 교회는 우리가 사랑하고 사랑받는 가족입니다.

The Church is born from the supreme act of love on the Cross, from Jesus' open side. The Church is a family where we love and are loved.

182 ——

모든 구원의 역사는 우리를 구하는 하느님의 이야기입니다. 하느님은 우리에게 사랑을 주시고 다정하게 우리를 맞이하십니다.

The whole of salvation history is the story of God looking for us: he offers us love and welcomes us with tenderness.

183 ——

주님은 우리가 자신에게서 점점 벗어나, 자신을 내려놓고 타인에게 봉사하도록 이끌어 주십니다.

Christ leads us to go out from ourselves more and more, to give ourselves and to serve others.

184 ——

매일 하루에 몇 분이라도 시간을 내어 주님이 주신 말씀을 읽고 그 말씀에 귀를 기울이는 것은 어떨까요?

I suggest that each day you take a few minutes and read a nice passage of the Gospel and hear what happens there.

185 ——

낭비하는 문화 속에 살아가는 한, 인간의 생명이란 더 이상 존중하고 보호해야 할 가치로 여겨지지 않습니다.

With the "culture of waste", human life is no longer considered the primary value to be respected and protected.

186 ——

예수님의 제자들은 먹을 것을 달라고 아우성치는 군중에게 "스스로 해결하세요."라고 말하며 그들을 보내 버렸죠. 하지만 예수님은 다른 해결책을 말씀하셨죠. "그들에게 먹을 것을 주어라."라고요.

Faced with the needs of the crowd the disciples' solution was this: let each one think of himself — send the crowd away! But Jesus' solution goes in another direction, a direction that astonishes the disciples: "You give them something to eat".

187———

연대를 두려워하지 마시고, 우리가 가진 모든 것을 하느님께 바칩
시다.

We must not be afraid of solidarity; rather let us make all we have
and are available to God.

188———

우리는 새로운 것을 마주하면 언제나 두려움이 생깁니다. 모든 것
을 자신이 통제할 수 있어야 더 안전하다고 느끼기 때문이죠.

Newness always makes us a bit fearful, because we feel more secure
if we have everything under control.

189———

교회가 언제나 자비롭고 희망이 넘치는 곳이 되기를, 모든 사람이
환영받고 사랑받으며 용서받는 곳이 되기를 바랍니다 .

Let the Church always be a place of mercy and hope, where
everyone is welcomed, loved and forgiven.

190———

선한 목자인 예수님은 사람들에게 굴욕을 주지 않으시고, 절망에

빠진 사람들을 버리지 않으십니다.

Jesus, the Good Shepherd, does not humiliate or abandon people to remorse.

쉬지 않고 섬기는 주님의 사람이 되어, 말과 행동으로 우리의 헌신을 보여 줄 준비가 되어 있나요?

Are we ready to be Christians full-time, showing our commitment by word and deed?

하느님은 생각만으로 우리를 구원하지 않으셨습니다. 스스로를 낮추어 인간으로 우리에게 오셨습니다. 말씀이 육신이 되어 우리를 구원해 주셨습니다.

Jesus didn't save us with an idea. He humbled himself and became a man. The Word became Flesh.

봉헌이나 희생처럼, 그리스도를 위해 우리의 생명을 바치는 정신을 배웁시다. 그리스도와 함께라면 우리는 아무것도 잃지 않습니다!

Let's learn to lose our lives for Christ, like a gift or a sacrifice. With Christ we lose nothing!

194 ____

주님을 믿는 사람은 결코 지루해하거나 슬퍼하지 않습니다. 주님을 사랑하는 사람이라면 기쁨으로 가득하며 그 기쁨을 온 사방에 전파하려 하기 때문이지요.

A Christian is never bored or sad. Rather, the one who loves Christ is full of joy and radiates joy.

195 ____

주님은 성경을 통해, 그리고 우리의 기도에 답하심으로 우리에게 말씀하십니다. 그러니 주님의 말씀을 묵상하고, 주님 앞에서 침묵하는 법을 배웁시다.

The Lord speaks to us through the Scriptures and in our prayer. Let us learn to keep silence before him, as we meditate upon the Gospel.

196 ____

이민자들을 감싸 안을 너른 마음을 구하는 기도를 합시다. 하느님은 우리가 고통받는 사람들을 어떻게 대하느냐를 보고 우리를 심판하실 겁니다.

We pray for a heart which will embrace immigrants. God will judge us upon how we have treated the most needy.

197 ——

주님을 충실히 따르려고 한다면 편안하고 조용한 삶을 영위할 수는 없습니다. 하지만 주님을 따르면 힘들지만 기쁨으로 가득한 삶이 될 것입니다.

If we wish to follow Christ closely, we cannot choose an easy, quiet life. It will be a demanding life, but full of joy.

198 ——

주님, 우리가 스스로의 무심함에 대해, 세상과 우리가 행하는 잔인함에 대해 슬퍼할 수 있도록 은혜를 내려 주세요 .

Lord, grant us the grace to weep over our indifference, over the cruelty that is in the world and in ourselves.

199 ———

어둠과 시련으로 가득한 때에도 빛과 구원의 새벽은 존재하고 있습니다.

In the hour of darkness, in the hour of trial, the dawn of light and salvation is already present and operative.

200 ———

하느님은 우리에게 넘치는 자비를 베푸십니다. 우리도 주님처럼 고통받는 사람들에게 자비를 베풀 줄 알아야 합니다 .

God is so merciful toward us. We too should learn to be merciful, especially with those who suffer.

1936년 12월 17일, 아르헨티나 부에노스아이레스 출생. 본명 호르헤 마리오 베르고글리오

1958년 예수회 입문. 산미겔 산호세 대학서 철학 전공

1969년 사제 서품

1980년 산미겔 예수회 수도원 원장

1998년 부에노스아이레스 대주교

2001년 추기경 임명

2013년 3월, 교황 선출

2013년 타임 Time 올해의 인물

2013년 7월, 첫 로마 바깥 사목활동으로 이탈리아 람페두사섬 방문. 첫 회칙 '신앙의 빛' 발표. 동성애 유화 발언

2014년 5월, 요르단강 서안 베들레헴 방문. 분리장벽서 기도

2014년 8월 14일~18일, 대한민국 방문. 세월호 유가족, 일본군 위안부 피해자, 쌍용차 해고노동자, 강정마을 주민, 밀양 송전탑 건설 예정 지역 주민, 용산 참사 피해자 등을 만났으며, 이러한 행보에 대한 우려도 있었지만 교황은 "인간의 고통 앞에서 중립을 지킬 수는 없다."라는 명언을 남겼다.

2015년 6월, 가톨릭 첫 환경 회칙 '찬미를 받으소서' 발표

2015년 타임 Time 세계에서 가장 영향력 있는 100인

2017년 타임 Time 세계에서 가장 영향력 있는 100인

2019년 2월, 이슬람교 발상지 아라비아반도 방문. 아랍에미리트(UAE) 아부다 비서 미사 집전

2019년 2월, 수녀 대상 사제 성폭력 인정

2019년 타임 Time 세계에서 가장 영향력 있는 100인

2021년 2월, 세계주교대의원회의(시노드) 고위직에 첫 여성 임명

2021년 6월, '미성년자 성범죄 성직자 무관용' 개정 교회법 반포

2021년 7월, 결장 협착증 수술

2021년 11월, 바티칸 행정 총괄 사무총장에 첫 여성 임명

2022년 2월, 이탈리아 TV 토크쇼 '케 템포 케 파'(Che tempo che fa) 출연

2022년 2월, 교황청 주재 러시아 대사관 방문해 우크라이나 침공 우려 전달

2023년 2월, 자진사임설 반박

2023년 3월, 기관지염으로 입원

2023년 6월, 탈장 수술

2023년 12월, '동성 커플 축복' 공식 승인

2025년 2월 14일, 기관지염으로 입원

2025년 3월 23일, 퇴원해 바티칸으로 복귀

2025년 4월 21일, 88세로 선종

가난한 이들의 성자
교황 프란치스코

초판 1쇄 펴낸 날 2025년 5월 5일

지 은 이 크리스티안 마르티니 그리말디
옮 긴 이 이정자
펴 낸 이 장영재
펴 낸 곳 (주)미르북컴퍼니
자 회 사 더모던
전   화 02)3141-4421
팩   스 0505-333-4428
등   록 2012년 3월 16일(제313-2012-81호)
주   소 서울시 마포구 성미산로32길 12, 2층 (우 03983)
E-mail   sanhonjinju@naver.com
카   페 cafe.naver.com/mirbookcompany
인스타그램 www.instagram.com/mirbooks

* (주)미르북컴퍼니는 독자 여러분의 의견에 항상 귀 기울이고 있습니다.
* 파본은 책을 구입하신 서점에서 교환해 드립니다.
* 책값은 뒤표지에 있습니다.